KB261781

세상에서 가장 아름다운 지붕

세상에서 가장 아름다운 지붕

나울지 지음

생각을 바꾸는 우화

Human media

생각의 문을 열 때 기회의 문도 열린다.

사랑하는 사람을 오래 만나지 못하다가 길에서 우연히 마주치게
된다면, 누구나 그에게 순수한 마음으로 무엇인가를 주고 싶어할 것
입니다.

내게도 한때 열병을 앓게 했던 사랑하는 여자가 있었습니다.

그로부터 20년의 세월이 흘러, 어느덧 나도 마흔 개의 나이테를
가지게 되었지만 그 여자는 여전히 내 가슴속에 있습니다. 나는 늘
생각했습니다. 만약 길에서 우연히 그녀와 마주치게 된다면, 그녀에
게 무엇을 줄 수 있을까를요. 과연 나는 그녀에게 무엇을 줄 수 있을
까요.

그것은 케케묵은 연애 편지도, 지난날의 원망 섞인 아쉬움도 아닙

니다. 황금과 같이 값나는 물건도 아닙니다. 나는 그녀를 만난다면 단 10분, 아니 5분이라도 나의 이야기를 들어달라고 부탁할 것입니다. 내가 그녀에게 진정 들려주고 싶은 이야기는 이렇습니다.

여우 한 마리가 신께 제사를 지내기 위해 맛있는 음식을 챙겨들고 신전으로 가고 있었다. 신전까지는 꽤 먼 거리였다. 여우는 배가 고프자 그만 준비해온 음식을 다 먹어버렸다. 이때 과일장수가 수레를 끌고 지나갔다. 수레 위에는 호두와 복숭아가 가득했다. 여우는 말했다.

"과일장수님, 저는 지금 신께 제사를 지내기 위해 신전으로 가는 중입니다. 그런데 신께 바칠 것이 아무것도 없습니다. 죄송하지만 호두 한 알과 복숭아 하나를 주시면 신께 그 겉과 속을 모두 바치겠습니다."

과일장수는 신께 바칠 신성한 음식이란 말에 오히려 영광으로 생각하고 흔쾌히 과일을 주었다. 여우는 다시 길을 가다가 배가 고파지자, 약속과는 달리 호두와 복숭아를 냉큼 먹어치웠다.

마침내 신의 제단 앞에 도착한 여우는 호두껍질과 복숭아씨를 바치고서 말했다.

"신이시여, 저는 약속을 어기지 않았습니다. 호두껍질은 겉이요 복숭아씨는 속이오니, 신께 그 겉과 속을 모두 바치겠다는 약속을 지킨 것입니다.”

그 말이 끝나기가 무섭게, 갑자기 신전이 와르르 무너져내려 여우는 그대로 죽고 말았다.

지금 생각해보면 그때의 내 사랑은 호두껍질과 복숭아씨였는지도 모릅니다. 나는 이솝우화를 읽으면서 내 사랑을 탓했습니다. 세월은 흐르고 그 세월은 힘이 되어 내 사랑을 호두 속과 복숭아의 과육으로 만들었습니다. 이제 나는 내 사랑의 신전을 믿습니다.

사랑하는 이여. 우연히 다시 만날 때까지 안녕.

2002. 8. 수락산 끝자락에서

나울시

차례

염세주의자와 낙천주의자

한 쌍둥이 형제가 있었다.

한 나뭇가지에 열린 사과도 굵은 것이 있고 작은 것이 있듯, 또 단맛 나는 것도 있고 신맛 나는 것도 있듯, 한 뿌리에서 났지만 두 형제는 서로 생각하는 것이 달랐다.

형은 모든 것을 부정적으로만 생각하는 염세주의자였다. 그와 달리 동생은 가능한 한 모든 것을 긍정적으로 생각하는 낙천주의자였다.

흔히 말하듯, 그릇에 물이 반쯤 있으면 형은 왜 이것밖에 없냐고 투덜댔고, 동생은 아직도 반이나 남았다고 기뻐하는 것이었다.

어느 날, 한 나그네가 그 쌍둥이 형제를 찾아갔다. 그리고 아래의 모기향처럼 생긴 그림을 보여주고, 시작과 끝이 어디냐고 물어보았다.

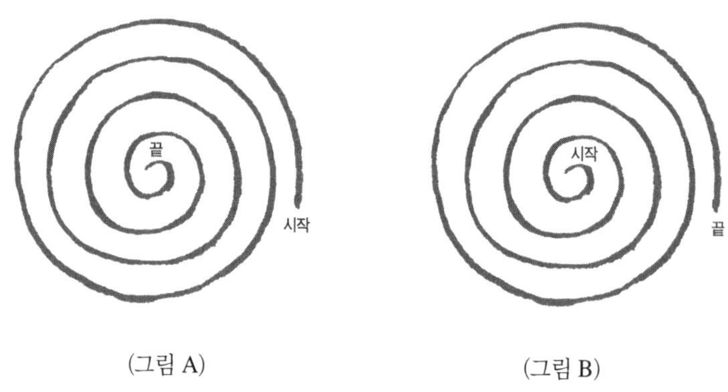

(그림 A)　　　　　　　　　　　(그림 B)

형은 그림 A처럼 바깥쪽이 시작이고 안쪽이 끝이라고 한 반면, 동생은 그림 B처럼 안쪽이 시작이고 바깥쪽이 끝이라고 말했다.

보다시피, 안쪽은 그 선에 이어 더 이상 선을 그을 공간이 없다. 그러나 바깥쪽은 그 선에 이어 끝없이 끝없이 선을 그을 수가 있다. 안쪽은 막힌 공간이고, 바깥쪽은 열린 공간인 것이다.

또 나그네는 2미터짜리 곧은 철사를 하나씩 주며, 그 철사를 자르지 말고 위 그림과 같은 모양을 두 개씩 만들어보라고 했다.

  그러자 아래 그림처럼 형은 시작과 끝을 모두 안쪽에다 넣었고,
동생은 시작과 끝을 모두 바깥쪽에다 내놓았다.

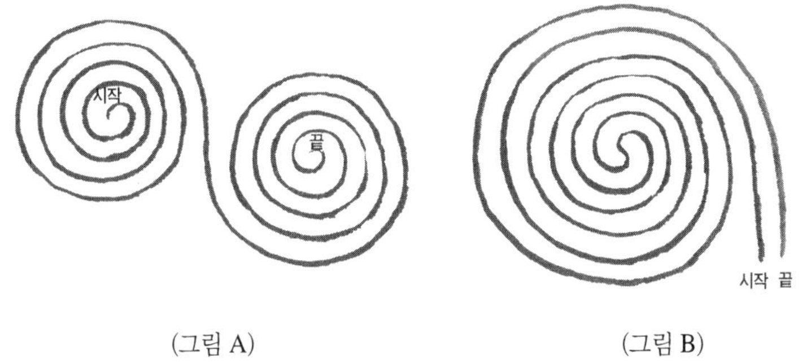

(그림 A)   (그림 B)

낙타를 탄 여행자와 맨발의 여행자

A씨는 낙타 등에 자신을 싣고, 사하라 사막에 들어섰다.

어느 날 그는 사막을 여행하던 도중 뜻밖에 벌거벗은 채 맨발로 걸어가고 있는 한 여행자를 만났다.

그 벌거숭이 여행자는 A씨를 잠시 바라보더니, 노래를 흥얼거리며 걸음을 재촉해갔다.

나는 아무 짐도 없네.

맨 처음 이 세상에 태어났을 때처럼 그대로이네.

그저 빈손이고, 빈 몸이네.

나는 머리와 가슴만 가졌네.

머리는 채우면 채울수록 끝없이 가벼워지고

가슴은 채우면 채울수록 한없이 무거워지느니.

나는 더 채워야 할 머리와

더 비워야 할 가슴뿐이네.

그저 홀가분하고 홀가분하니 아무 걱정이 없네.

나는 넉넉히 누리어 넉넉히 기쁘노라.

내 안에 세상이 다 들어 있네.

A씨는 재빨리 다가가 그 벌거숭이 여행자 앞을 가로막았다.

그렇게 낙타도 타지 않고, 벌거벗은 채 맨발로 사막을 건너다가는 고난을 면치 못할 것이며, 결국은 목숨을 잃게 될 것이라고, 그러니 여행을 중단하고 다시 돌아가라고 충고를 했다.

하지만 벌거숭이 여행자는 들은 체도 하지 않고, 사막의 모래언덕 너머로 횡하니 사라져버렸다.

A씨는 사막을 건너고 건너 마침내 어느 오아시스에 도착했다. 그런데 이튿날 불행하게도 A씨는 그만 숨을 거두고 말았다. 이유인 즉, 여행 중 통 말을 듣지 않는 낙타에게 너무 시달린 나머지, 그 여

독으로 인해 끝내 목숨까지 잃게 된 것이었다.

낙타, 그것은 A씨의 발길을 대신했다기보다 오히려 무거운 짐이 되고 말았던 것이다.

며칠 후에 뒤를 이어 그 오아시스에 도착한 벌거숭이 여행자는 A씨의 주검을 보고 안타까운 마음으로 노래를 불렀다.

나는 내 두 다리에 나를 싣고 와도 살았는데
그대는 낙타의 네 다리에 그대를 싣고 와도 죽었구나.
나는 나에게 나를 짐지우고도 살았는데
그대는 낙타에게 그대를 짐지우고도 죽었구나.

벌거숭이 여행자는 구덩이를 파고 A씨를 묻어준 뒤, 다시 그 노래를 흥얼거리며 어디론가로 길을 떠나갔다.

부처를 찾는 이유

깊은 산 속에 한 인자한 스님이 손수 절을 짓기 시작했다.

스님은 먼저 튼튼하게 터를 다져 주춧돌을 놓은 다음, 아름드리 나무를 베어다가 기둥도 세우고, 기와지붕도 만들어 마침내 근사한 절 한 채를 완성시켰다.

그러고 나서 스님은 정과 망치를 손에 쥐고 직접 돌부처를 깎기 시작했다.

산골짜기에 정과 망치 소리가 끊일 새 없더니, 거의 삼 년 만에 돌부처 네 개가 모습을 드러냈다.

그런데 그 돌부처들은 여느 돌부처와 달리, 얼굴 생김새가 아주

특이했다.

하나는 눈만 있고, 하나는 귀만 있고, 하나는 입만 있고, 나머지 하나는 코만 있는 돌부처였다.

스님은 칸막이를 쳐 법당을 넷으로 나누었다. 그런 다음 그 칸막이 각각에 돌부처를 하나씩 모셔놓았다.

스님은 늘 법당 앞에 서서 참배객을 안내했다.

"부처님께 소원을 빌 말씀이 있으시면 귀부처님이 계신 법당에 들어가시고, 부처님의 참뜻을 들으시려면 입부처님이 계신 법당에 들어가십시오. 또 부처님의 눈을 통해 자기 자신의 내면을 들여다보시려면 눈부처님이 계신 곳에, 향기공양을 하거나 불향(佛香)을 맡으시려면 코부처님이 계신 법당으로 들어가십시오."

그러자 거의 대다수가 귀부처를 모셔놓은 법당 안으로 들어갔다. 사람들은 모두 귀부처 앞에 무릎 꿇고 앉아 이런저런 소원을 말하며 그 소원을 풀어달라고 애원했다. 귀부처가 있는 법당은 참배객들이 너무 많이 드나들다 보니 문턱이 닳아버릴 정도였다. 하지만 눈부처와 코부처, 입부처를 모셔놓은 법당은 가을걷이를 끝낸 빈 들판처럼 한산하기 그지없었다.

빠름보를 이긴 느림보

어느 날, 거북이 부부가 산꼭대기로 신혼여행을 갔다. 넓은 바다를 내려다보며 서로 껴안고 뽀뽀를 하고 있는데 산토끼 두 마리가 깡충깡충 달려왔다. 그들도 부부간이었다.

"어이, 거북이들. 느림보 주제에 어떻게 이 산꼭대기까지 올라왔니? 우리야 총알처럼 쌩쌩 달리면 되지만……."

신랑 거북은 화가 불끈 치밀어 올랐다.

"뭐, 느림보? 그렇다면 누가 빠른지 달리기 시합을 한번 해보자."

"가소롭다, 얘. 체면이 있지, 우리가 어떻게 너희들하고 달리기를 하니?"

“맞아, 말도 안 돼!”

아내 산토끼도 그렇게 맞장구를 쳤다.

“쳇, 우리한테 질까봐 지레 겁먹고 안 하려는 거지?”

신랑 거북이 그렇게 약을 올리자 신부 거북도 장단을 맞췄다.

“그건 물어보나마나지 뭐. 질까봐 그러는 거지요.”

참다 못한 남편 산토끼가 큰 소리로 말했다.

“그래, 좋다. 한번 해보자. 우리 산토끼들이 얼마나 빠른지 본때를 보여주겠다.”

그들은 서로 의논하여 건너편의 산꼭대기를 결승점으로 정했다.

“산토끼들아, 잠깐만 기다려. 우리 작전 좀 짜고 올게.”

신랑 거북은 신부를 데리고 옆쪽 풀숲으로 들어갔다.

“여보, 결코 승산 없는 싸움은 아니야. 이길 수 있어. 결승점까지 내리막길과 오르막길이 반반씩이야. 내리막길은 단숨에 공처럼 굴러서 가고, 오르막길은 사력을 다해 죽자사자 기어 오르면 돼.”

신랑 거북의 말을 듣고, 신부 거북은 고개를 갸웃거렸다.

“당신도 참, 우린 등은 볼록해도 배는 납작하잖아요. 수박으로 치면 반으로 뚝 잘라놓은 셈인데 어떻게 공처럼 굴러서 가요?”

“반으로 뚝 잘라놓은 수박을 다시 붙이듯 당신과 내가 서로 배를 딱 붙이고 발가락으로 깍지를 낀 채 꼭 붙잡으면 둥근 공처럼 되잖아."

"어머, 정말 그러면 되겠구나!"

"머리를 써야 세상살이가 편한 거야."

신랑 거북이 신부를 보며 우쭐해했다.

거북이 부부가 다시 산토끼 부부에게 다가가자, 남편 산토끼가 또 빈정거렸다.

"무슨 작전을 그렇게 오래 짜니, 작전을 짠다고 별수 있겠니?"

"어쨌든 길고 짧은 건 대보자구."

서로 입을 모아 하나, 둘 땡 하면서 마침내 경주가 시작되었다.

산토끼 부부는 자신만만한 얼굴로 산비탈길을 허겁지겁 달려 내려가기 시작했다. 하지만 앞발이 짧은 산토끼는 내리막길을 빨리 달릴 수가 없었다. 거북이 부부는 서로 배를 딱 붙이고, 발바닥을 맞대 발가락으로 깍지를 끼었다. 그러곤 머리를 쏙 집어넣은 채 공처럼 가파른 내리막길을 정신없이 굴러 내려갔다.

거북이 부부는 앞서 가는 산토끼 부부를 추월하며 순식간에 내리막길을 내려왔다. 또 너무도 빠르게 굴러 내려왔기 때문에 그 반동으로 오르막길을 1/3쯤이나 굴러 올라갔다. 그러나 산토끼 부부는

아직도 겨우 7부능선께를 뛰어 내려가고 있는 중이었다.

이에 거북이 부부는 재빨리 깍지를 풀고, 오르막길을 기어 올라가기 시작했다. 헉헉 숨을 몰아쉬며 악착같이 기어 올라갔다. 오르막길에 능한 산토끼가 어느새 바짝 뒤따라오고 있었다.

마침내 거북이 부부는 결승점에 이르렀다. 산토끼 부부보다 단 한 발짝 앞서 도착한 것이었다. 느림보가 빠름보를 눌러 이긴 것이다. 승리감에 취한 거북이 부부는 서로 껴안고 기쁨의 환호성을 질렀다.

"만세, 만세! 우리가 이겼다. 만세, 만세……."

산토끼 부부는 다소 겸연쩍어하다가 거북이 부부에게 아낌없는 칭찬의 박수를 보냈다.

"거북이들아, 너희들을 깔봐서 미안해. 정말 장하다!"

"뭘, 괜찮아. 우리는 너희들처럼 빨리 달리지 못하기 때문에 머리를 조금 썼을 뿐이야."

그날 이후, 거북이 부부와 산토끼 부부는 친한 친구가 되었다.

주지스님의 깊은 뜻

산 중턱에 자리잡은 어느 절에 한밤중에 도둑이 들어 귀중한 범종을 훔쳐가 버렸다.

그 종은 110킬로그램 정도 되는 그리 크지 않은 것이었지만, 천년 전에 만들어진 국보급 문화재였다.

주지스님은 범종이 없어진 것을 보고서도 그다지 크게 놀라지 않았다. 눈을 지그시 감고 묵묵히 서 있다가 부엌으로 갔다. 종을 치듯 절구공이로 부뚜막의 쇠절구를 3~4초 간격으로 쳐 소리가 울려나오게 했다.

"이 소리도 쇳소리요, 종소리도 쇳소리인 것. 쇠절구를 엎어놓으면 종처럼 볼록이 되고, 종을 엎어놓으면 절구처럼 오목이 되는 것. 울림이 크고 작을 뿐, 이 쇠절구도 종과 다름없는 것을……."

주지스님은 혼잣말로 그렇게 중얼거렸다. 그것을 보고 마침 수행 중이던 한 선승이 말했다.

"스님, 종은 종이고 절구는 절구가 아니겠습니까?"

"이것도 종이니라."

"스님, 어찌 쇠절구를 종이라 하십니까?"

"어허, 어리석긴… 물구나무를 서서 걷는 사람들의 세상이 있다면, 두 발로 걷는 우리에게는 그들이 거꾸로 걷는 것이지만, 그들에게는 두 발로 걷는 우리가 오히려 거꾸로 걷는 것 아니겠느냐.

그러니 쇠절구의 입장에서 보면 바로 매달려 있는 종이 엎어진 채 매달려 있는 것이고, 종의 입장에서 보면 바로 놓여 있는 절구가 엎어진 채 놓여 있는 것이니라.

나는 절구의 입장에서 엎어져 있는 종을 바로 놓고 치는 셈이니라."

그날 오후, 주지스님은 그 쇠절구를 종각에다 거꾸로 매달아놓았다.

그리고 새벽마다 예의 범종을 치듯 그 쇠절구를 쳤다.

사람들은 그것을 '절구종' 이라 일컬었다.

　그로부터 보름이 지난 어느 날, 경찰이 범종을 훔쳐간 도둑을 잡았다는 소식을 보내왔다.
　주지스님은 지체없이 경찰서로 달려갔다. 도둑을 취조하고 있는 수사관 옆 자리에 범종이 놓여 있었다.
　사연을 들어본즉, 그 도둑은 지긋지긋하도록 가난한 중생이었다. 하나뿐인 어린 자식이 난치병에 걸려 신음하고 있었지만, 너무 가난해 병원에도 못 가고 있다는 것이었다. 그래서 치료비를 마련하기 위해 범종을 훔쳐 고물상에게 팔려다가 붙잡히고 만 것이었다.
　주지스님은 눈을 감고 깊은 생각에 잠겨 있다가 경찰에게 말했다.
　"수사관 선생, 이 딱한 중생을 풀어주시오."
　수사관은 다소 놀라는 눈치였다.
　"스님, 도둑을 풀어주라니오? 당치도 않은 말씀입니다. 그것도 천년이나 된 국보급 문화재를 훔친 대도인데, 더더욱 풀어줄 수가 없습니다."
　이때 주지가 느닷없이 짚고 있던 나무 지팡이로 옆에 있는 범종을 마구 쿡쿡 찔러대며 큰 소리로 말하는 것이었다.

"이까짓 게 무슨 국보급 문화재란 말이오? 이것은 범종이 아니라 쇠절구올시다!"

수사관은 어이가 없다는 듯 주지의 얼굴을 물끄러미 바라보았다.

"스님, 종은 위가 막혀 있고 아래는 뚫려 있습니다. 그와 반대로 쇠절구는 위가 뚫려 있고 아래는 막혀 있습니다. 쉽게 말해 종은 볼록이요, 절구는 오목인 것입니다."

"볼록이 오목이고 오목이 볼록이지. 뒤집으면 그게 그거지 대체 무슨 차이가 있단 말이오?"

주지는 범종을 뒤집어 아가리를 위로 향하게 한 뒤, 나무 지팡이를 절구공 삼아 그 속에 넣고 절구방아를 찧듯 쿵쿵쿵쿵 찧기 시작했다.

"보시오, 난 지금 절구방아를 찧고 있소이다. 이래도 이것이 쇠절구가 아니란 말이오?"

수사관은 주지스님의 엉뚱한 행동에 가볍게 웃어버렸다.

"어쨌든 이놈은 문화재를 훔친 절도범입니다."

수사관은 수사관답게 한 치도 물러서지 않았다.

"이 중생이 이 종의 가치를 알고 골동품상에 팔려고 했다면 문화재를 훔친 것이 틀림없소. 하지만 이것을 고물상에게 팔려다가 붙잡

혔지 않소이까. 때문에 국보급 문화재를 훔친 것이 아니라 낡아빠진 쇠절구를 훔친 것에 지나지 않다 이 말이오.

우리 절에는 쇠절구가 하나 더 있소이다. 내가 욕심이 많아서 쇠절구를 두 개나 갖고 있었소. 하나를 남에게 주어야겠다고 생각하던 차에 이 중생이 하나를 가져간 것뿐이오. 그러니 어서 집으로 돌려보내시오.”

“안 됩니다. 도둑을 풀어줄 수는 없습니다.”

수사관은 업무적인 고집을 꺾지 않았다.

“그렇다면 좋소이다. 이 쇠절구는 쇠절구도 아니고 고철덩어리일 뿐이오. 천 년 동안 한 번도 무엇을 넣고 찧은 적이 없으니, 아무 짝에도 쓸데없는 고철덩어리가 아니고 무엇이겠소. 아무튼 이 중생에게 고철덩어리 하나 훔친 죄값만이 주어지기를 바라겠소.

그리고 마지막으로 부탁을 하나 더 하겠소이다. 이것을 돈 많은 돈구렁이에게 제값을 받고 팔아주시오. 그 돈으로 이 중생의 어린 자식을 치료하는 데 써주시오. 그러고도 돈이 남으면 그 나머지도 어려운 이웃에게 전해주시오. 사람이 죽어가고 있는데 나 몰라라 하고, 이까짓 것을 종각에 매달아두는 것이야말로 그 얼마나 사치스러운 노릇이겠소.”

이렇게 말한 다음 주지스님은 경찰서를 나왔다.

그리고 산길을 타고 절로 돌아가던 중, 스님은 산기슭에서 뒷다리가 부러져 피를 흘리는 산노루 한 마리를 발견했다. 스님은 얼른 승복의 옷깃을 찢어 노루의 상처 부위를 감싼 다음 긴 염주를 끊어 마련한 실로 단단히 동여매어 주었다.

주지스님은 산마루 고갯길에 오르자 바랑을 풀어 불경책을 꺼내더니 대뜸 불살라버렸다.

"내 마음이 불경이거늘 이까짓 종이뭉치 따위가 무슨 소용이 있단 말인가!"

그때 갑자기 하늘에 먹장구름이 몰려오더니 이내 굵은 우박이 후드득 쏟아져 내리기 시작했다.

주지스님은 이번엔 바랑 속에서 목탁을 꺼내더니 산골짜기로 휘익 던져버리는 것이었다.

"내 머리통이 목탁이거늘 저까짓 나무토막이 무슨 소용이 있단 말인가."

주지스님은 꼿꼿하게 서서 후드득 떨어져내리는 우박 속을 태연하게 걸어갔다. 삭발한 둥근 머리가 우박에 맞아, 목탁소리를 통통통 내고 있었다.

그로부터 몇 년의 세월이 흘렀다.

그 절의 종각에 매달아놓았던 쇠절구는 부뚜막의 제자리를 찾아가 있었고, 종각에는 감자방울만한 작은 요령이 매달려 있었다.

주지스님은 새벽마다 범종을 치듯 그 요령을 쳤다.

그 요령 소리가 범종 소리처럼 멀리 퍼져가지는 않겠지만, 그 요령을 치는 주지스님의 참뜻만큼은 더 멀리 퍼져나갈 것이었다.

매미와 개미

땡볕이 내리쬐는 한여름 한낮이었다.

개미들은 땀을 뻘뻘 흘리며 노동을 하고, 매미는 높은 느티나무에
앉아 기타를 치며 노래를 부르고 있었다. 매미는 땅바닥을 기어다니
며 먹이를 찾아 나르는 개미들에게 말을 걸었다.

"어이, 개미들. 왜 너희들은 그토록 죽자사자 일만 하는 거니? 좀
쉬어가면서 해."

그러나 개미들은 누구도 일손을 놓지 않았다.

"노래 부르며 놀 틈이 어디 있니? 부지런히 일을 해야 겨울날 배
불리 먹을 게 아니냐. 근데 너는 왜 일도 안 하고 항상 노래만 부르

니? 노래 부른다고 밥이 생기니, 떡이 생기니?”

한 개미가 항의하듯 그렇게 말했다.

“난 가수가 되는 게 꿈이야. 그래서 항상 노래를 부르는 거야. 너네들 중에서 노래와 춤에 자신이 있으면 누구든지 나에게 와. 나와 함께 노래하고 춤추며 살아가게.”

“흥! 그러다가 겨울이 오면 굶어 죽기에 딱 알맞겠다!”

여름이 가고, 가을이 가고, 마침내 겨울이 왔다.

매미는 여름 내내 갈고 닦은 노래 실력을 바탕으로 동물왕국 곳곳을 다니며 콘서트를 열었다. 가는 곳마다 많은 동물들이 몰려들어 큰 성공을 거두었다.

어느 날, 매미는 동물왕국의 한 대학병원을 찾아갔다. 환자들을 위해 무료 자선 음악회를 열기로 한 것이었다.

그런데 이게 어찌 된 일인지, 그 병원에 입원해 있는 환자들은 대부분 개미들이었다. 지난 여름 내내 그토록 몸을 혹사시키더니 모두 병이 난 모양이었다.

무대에 오른 매미는 피를 토하듯 혼신을 다해 노래를 불렀다. 그리고 마지막에 다음과 같이 말했다.

"개미 여러분, 지난 여름 누군가가 저에게 그렇게 노래만 부르다 간 겨울이 오면 굶어 죽을 것이라고 말했답니다. 그러나 보시다시피 저는 굶어 죽지 않았습니다.

저는 여름 내내 갈고 닦은 노래 실력을 밑천으로 해서, 우리 동물 왕국 곳곳에서 콘서트를 열어, 떼돈이랄 것은 없지만 아무튼 큰돈을 벌었어요.

부탁컨대, 앞으로는 당신들이 살아가는 방식만이 모두 옳다는 생각은 버려주세요.

개미 여러분! 앞으로는 노동시간을 줄이고, 토요일과 일요일은 휴식을 취하세요.

들어보니, 여러분들은 해마다 겨울이 되면, 여름 내내 애써 모아 놓은 10킬로그램 가량의 먹이 중에서 무려 7킬로그램을 병원비로 내고 있다고 하더군요.

여러분, 3킬로그램이면 겨우내 얼마든지 배불리 먹을 수 있는데, 왜 해마다 뼈빠지게 10킬로그램씩이나 모으는 겁니까? 그러다가 골병이 들어 이렇게 병원 신세를 지고, 또 그 금쪽 같은 먹이를 왜 7할이나 병원비로 내고 있는 겁니까? 참으로 딱하고 안타깝기 그지없네요.

끝으로 개미 여러분들의 빠른 쾌유를 빌며 '행복의 나라'를 불러
드리겠습니다."

그로부터 6개월이 흘렀다.

그러나 개미들은 여전히 뜨거운 땡볕 아래에서 죽자사자 일만 하
고 있었다.

외나무다리에서 마주친 두 쥐

깊은 산, 계곡 위에 막대기가 하나 걸쳐져 있었다. 쥐들이 건너다니는 외나무다리였는데 엄지보다는 가늘고 검지보다는 굵은 막대기였다.

어느 날, 웅돌이쥐와 곳돌이쥐가 그 외나무다리 한가운데에서 딱 마주쳤다.

"비켜, 비켜달란 말이야."

곳돌이쥐가 그렇게 큰 소리로 선수를 쳤다. 그에 질세라 웅돌이쥐도 큰 소리로 맞받아쳤다.

"못 비켜. 네가 비켜."

두 마리 쥐는 눈알을 부라리며, 서로 비켜달라고 계속 목소리를 높였다. 입이 점점 더 거칠어져 나중엔 금방이라도 육박전을 벌일 것만 같았다.

서로 비켜달라고 큰 소리를 치고는 있었지만, 사실 외나무다리의 굵기가 너무 가늘기 때문에 비켜설 수도 또 뒤로 물러설 수도 없는 노릇이었다.

불현듯 웅돌이쥐의 머릿속에 번개처럼 번쩍 떠오르는 것이 있었다.

"곳돌이쥐야! 이 외나무다리 위에서 싸우다가는 자칫 너도 나도 다 떨어져 죽게 돼. 내가 길을 양보할게."

웅돌이쥐는 외나무다리에 자신의 배를 딱 붙이고, 네 다리로 외나무다리를 끌어안았다. 앞발과 뒷발을 맞대어 서로 깍지를 끼었다. 그런 뒤, 외나무다리에 거꾸로 매달렸다.

"곳돌이쥐야. 네가 먼저 건너가."

곳돌이쥐는 감탄해 마지않았다.

"와아, 웅돌이쥐야, 너 참말로 머리가 좋구나. 아무튼 고마워."

곳돌이쥐가 먼저 지나가고 나자, 웅돌이쥐는 거꾸로 매달린 그 상태에서 뒷발의 깍지는 그대로 두고, 앞발의 깍지만 풀어 그 외나무다리를 건너갔다.

세상에서 가장 아름다운 지붕

우도노라는 사람이 해안가에서 낚시를 즐기고 있었다.

그런데 갑자기 눈앞에서 물살이 일더니, 늙은 거북이 한 마리가 허우적허우적 헤엄쳐 나왔다. 자세히 보니 그 거북은 왼쪽 앞다리가 완전히 잘려나간 상태였는데, 그 상처에서 붉은 피가 철철 흘러나왔다.

"아저씨, 저 좀 도와주세요. 상어한테 다리를 물어뜯겼어요."

"저런!"

우도노는 부랴부랴 응급조치를 하여 피를 멎게 해주었다.

그런 뒤, 그 근처에 사는 어부에게 손수레를 빌려와 거북을 싣고 자기 집으로 갔다. 그의 집은 벌판 한가운데에 있는 외딴 오두막집이었는데 금방이라도 무너질 듯 행색이 초라했다. 집 뒤편에는 대나무숲이 우거져 있었다. 우도노는 거북을 안방에 들이고, 정성껏 치료해주었다. 한 달여 만에 거북의 상처는 아물었다. 하지만 왼쪽 앞다리가 완전히 잘려나간 상태여서 걸음을 제대로 걷지 못했다.

우도노는 그런 거북을 다시 바다로 돌려보내자니 마음이 영 내키지 않았다.

"거북아, 내가 우리 집 마당에 연못을 만들어줄 테니 나랑 같이 사는 게 어떻겠니? 이대로 다시 바다에 나가면 힘센 물짐승들의 공격을 당해낼 수가 없을 거야."

우도노의 말에 거북은 눈물을 뚝뚝 흘렸다.

"주인님, 고마워요. 정말 이 은혜를 어떻게 갚아야 할지……."

우도노는 약속대로 마당에 거북이 살 넓은 연못을 만들어주었다.

날마다 먹이도 넣어주고, 틈이 날 때마다 친구가 되어 같이 놀아주었다.

그렇게 10년의 세월이 흘러갔다.

거북은 점점 더 늙어가 제대로 움직이지도 못할 만큼 기력이 쇠잔해졌다. 어느 날인가부터 거북은, 죽음의 사자가 자신을 향해 저벅

저벅 걸어오고 있다는 것을 느낄 수 있었다. 그럴 때마다 거북은 하느님께 기도를 올렸다.

"하느님, 저도 이제 하늘나라로 갈 때가 된 것 같아요. 원컨대, 제발 저의 몸뚱이를 저 웅장한, 옛날 왕들의 무덤처럼 크게 만들어주십시오. 제발 소원입니다."

간절한 기도 덕분이었을까? 어느 날 갑자기 거북의 몸집이 한순간에 거대하게 커져버린 것이었다. 등딱지의 둘레가 무려 60미터나 되었다.

우도노는 그렇게 커져버린 거북을 보고 놀라 벌어진 입을 다물지 못했다.

"놀라실 것 없어요. 하느님께서 제 소원대로 이렇게 만들어주신 것뿐이랍니다. 주인님, 저도 이제 삶을 마무리할 때가 된 것 같아요. 그동안 제게 베풀어주신 크나큰 은혜에 깊은 감사를 드립니다. 죄송하지만 마지막 부탁이 있어요."

"너와 나 사이에 은혜랄 게 뭐가 있니, 그래, 무슨 부탁이니?"

"집 뒤편 대나무숲의 대나무를 제 몸뚱이 넓이만큼만 잘라내 주세요."

"아니, 왜 대나무를 잘라내라는 거니?"

"그냥 그렇게 해주세요. 제 마지막 소원이에요."

우도노는 거북의 청이 워낙 간절하여, 영문도 모른 채 대나무를 싹둑싹둑 잘라냈다. 거북은 마지막 힘을 다해 대나무를 잘라낸 곳으로 기어가 걸음을 멈추었다.

"주인님, 제가 죽거든 제 시체를 치워버리지 말고 그대로 두세요. 저는 늙을 대로 늙은 몸이라 고기가 질겨 먹지는 못할 거예요. 시간이 꽤 지나면 제 살은 썩어 흘러내리게 될 것이고, 단단한 등딱지는 그대로 남을 거예요. 그리고 베어낸 대나무가 쑥쑥 자라 올라감에 따라 등딱지는 차차 위로 올라갈 거예요. 한 4~5미터쯤 올라가거든 제 등딱지 밑에 기둥을 세운 다음 대나무를 모두 잘라 없애세요. 그리고 벽을 쌓아 방도 만들고 부엌도 만들고 마루도 만들고… 그렇게 새 집을 지으세요."

그 말을 마친 거북은 곧 숨을 거두었다.

거북의 예언대로 두어 달이 지나자 살이 썩어 모두 흘러내리고, 딱딱한 등딱지만 남았다.

이듬해 봄이 되자 등딱지 밑에서 수많은 대나무들이 쑥쑥 자라 올라 등딱지가 차츰차츰 위로 올라갔다.

우도노는 거북이 말한 대로 새 집을 지었다. 볼품없는 오두막집

주인이 그야말로 멋진 거북등딱지 집의 주인이 된 것이었다.

　세상에 단 하나뿐인 거북등딱지로 만들어진 지붕. 소문이 멀리 퍼져나가 사방에서 많은 구경꾼들이 몰려왔다. 보는 이마다 천하제일의 지붕이라는 찬사를 아끼지 않았다.

고정관념

산기슭의 외딴 기와집.

어느 날, 한낮에 산적 한 놈이 그 집에 숨어들었다.

그 산적은 여느 산적과는 달리 겉모습과 옷차림이 매우 깨끗했다. 여느 산적의 얼굴에서 볼 수 있는 쥐털 같은 수염은 한 오라기도 없을 뿐만 아니라 행색이 말끔했다.

산적은 방 안으로 들어가 보석상자를 열고 몇몇 금붙이를 꺼냈다.

그때, 아랫목에 누워 잠을 자던 주인이 눈을 떴다. 놀란 주인은 엉겁결에 소리를 질렀다.

"도둑이야! 도둑이야……."

주인은 산적과는 달리 겉모습과 옷차림이 매우 초라했다. 쥐털 같은 수염이 온 얼굴에 가득하고, 옷에는 땟국이 잘잘 흘렀다.

그 소리를 듣고, 산길을 가던 허우대가 훤칠한 한 나그네가 몽둥이를 들고 급히 달려왔다,

산적은 그 사나이가 들이닥치자 대뜸 소리를 질렀다.

"도둑이야! 도둑이야……."

주인도 '도둑이야' 라고 소리치고, 도둑도 '도둑이야' 라고 소리치는 것이었다.

방 안으로 뛰어들어온 나그네는 잠시 머뭇거리더니 이내 몽둥이로 주인을 흠씬 두들겨패기 시작했다. 곧 집주인의 온몸은 멍투성이가 되었다.

나그네는 겉모습만 보고 도둑을 주인으로, 주인을 도둑으로 착각한 것이었다.

주인은 미칠 지경이었다. 애원하듯 몇 번이나 말해도 나그네는 전혀 곧이듣지를 않았다.

"난 도둑이 아니라 주인이오. 저놈이 도둑이란 말이오……."

"에잇, 나쁜 놈! 도둑놈이라도 염치가 있어야지, 이제 주인 행세까지 하려고 드네."

　나그네는 도리어 그렇게 꾸짖으며 더욱 심하게 몽둥이 타작을
했다.

거북이 부부의 알 옮기기

어느 바닷가의 모래톱 한켠, 거북이 부부가 모래를 파헤쳐 구덩이를 파고 있었다.

아내 거북은 그 구덩이에 알을 낳았다. 탁구공처럼 하얀 알을 무려 마흔다섯 개나 낳았다.

그런데 알을 묻으려고 할 때 갑자기 갈매기가 날아와 소리쳤다.

"거북이 부부님, 그곳에 알을 묻어두면 위험해요. 근처 산기슭에 뱀들이 많이 살아요."

그러고서 갈매기는 멀리 날아가버렸다.

"여보, 아무래도 안 되겠어. 듣고 보니 뱀들의 아가리 속에다 알을 낳은 셈이야. 알을 딴 곳으로 옮겨서 그곳에 파묻어야겠어.”

아내 거북은 한숨을 푹 내쉬었다.

“한두 개도 아니고, 이 많은 알을 어떻게 옮겨요? 굴려서 옮길 수도 없는 노릇이고…….”

“어떻게 해서든 옮겨야지. 그런 소리를 듣고서도 여기 묻어두고 가버리는 것은 자식을 낳아 보자기에 싸서 길바닥에 버리는 것과 같은 이치야. 사람 중에 그런 자가 더러 있다잖아. 여기 묻어두고 가버리면 갈매기가 ‘사람보다 못한’ 거북이라고 흉을 볼 거야. 죽으면 죽었지, 그런 치욕스러운 소리를 듣고 살 수는 없는 게야. 당신도 알다시피 우리 거북이 세상에서 가장 험한 욕은 ‘사람 같은 놈’이잖아.”

어떻게 알을 옮길까, 거북이 부부는 머리를 싸매고 궁리에 궁리를 거듭했다.

이때, 남편 거북이 무릎을 탁 치더니

“여보, 나 잠깐 저쪽에 갔다 올 테니, 그동안 알 잘 지키고 있어.”

하고는 어디론가 가는 것이었다. 남편이 열심히 가고 있는 곳을 보니 바닷가에 떠내려온 냄비들이 있었다.

남편 거북은 곧 냄비 두 개를 갖고 왔다. 그리고 앞발로 알을 하나하나 집어 냄비에 담았다.

서른세 개를 담자 냄비의 반쯤 찼다. 그러자 남편 거북은 냄비 아가리에 볼록한 등을 대고 벌렁 드러누웠다. 그러곤 냄비의 한쪽 손잡이 구멍에는 머리를 넣고, 다른 쪽 손잡이 구멍에는 꼬리를 넣어 냄비를 단단히 고정시켰다.

"여보, 나 좀 일으켜줘."

아내 거북은 있는 힘을 다해 남편을 일으켰다.

아내 거북은 남편이 하라는 대로, 나머지 열두 개의 알을 또 다른 냄비에 담았다. 그러고 나서 그 위에 올라가 넓은 배로 냄비를 덮은 후, 한쪽 냄비 손잡이에는 오른쪽 앞다리를 끼워넣고, 다른 쪽 손잡이에는 왼쪽 뒷다리를 끼워넣었다.

그런데 아내 거북은 왜 남편처럼 목과 꼬리를 손잡이에 걸지 않고, 다리를 끼워넣었을까?

아내 거북은 언젠가 날치에게 물어뜯겨 꼬리가 잘려나가고 없기 때문이었다.

남편 거북은 아내와 냄비를 발랑 뒤집었다.

"여보, 입으로 내 꼬리를 꽉 물어. 내가 당신을 끌고갈 테니까."

아내가 꼬리를 물자, 남편은 아내를 끌고 땀을 뻘뻘 흘리며 안전한 곳으로 기어갔다.

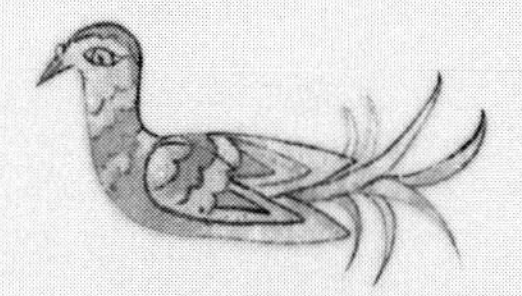

재판장의 슬기

어릴 적, 이웃집 할머니로부터 들은 이야기다.

두 도둑이 재판을 받기 위해 법정에 섰다.

하필이면 두 도둑 중에 한 명은 재판장의 아들이었고, 다른 한 명은 재판장 아들의 친구였다.

그들은 서로 의기투합하여, 어느 부잣집 담을 넘어 들어갔던 것이다. 재판장의 아들은 닭장으로 가 닭을 훔치고, 그의 친구는 외양간의 소를 훔쳐 나오다가 붙잡혔다. 서로가 공범이었던 것이다.

재판장은 정에 이끌려 제 자식에게 가벼운 벌을 내렸다는 소리를 들을까봐 무척이나 신경이 쓰였다.

그래서 두 도둑에게 몇 가지 질문을 던졌다.

"피고 김좌근은 닭을 어떻게 가져왔는고?"

"그냥 손으로 목을 잡고……."

"닭이 울지는 않았는가?"

"닭의 부리를 꼭 움켜쥐고 있었기 때문에 울지는 않았습니다."

"피고 박만수는 소를 어떻게 끌고 왔는가?"

"소는 제 발로 걸어 나왔습니다."

재판장은 몇 번 고개를 끄덕인 다음 마침내 선고를 내렸다.

"소를 훔친 피고 박만수에게는 징역 3년을 선고하고, 닭을 훔친 피고 김좌근에게는 절도죄와 더불어 동물 학대죄를 추가 적용해 징역 6년을 각각 선고한다."

재판장은 닭을 훔친 자기 아들에게 훨씬 더 무거운 형을 내렸다.

그런 뒤 재판장은 나름대로의 논고를 펼쳤다.

"소를 훔친 자보다 닭을 훔친 자에게 더 무거운 형벌을 내린 까닭은, 소도둑보다 닭도둑이 더 큰 범죄이기 때문이다. 왜냐하면 비록 고삣줄을 잡고 소를 끌고 가긴 했지만 소는 제 발로 걸어갔고, 그에 비해 닭은 제 발로 걸어간 것이 아니라 피고의 손에 쥐어진 채 들려 갔기 때문이다. 게다가 닭이 울 것을 방지하기 위해 목과 입을 틀어

막은 것은 동물의 숨쉴 권리와 울 권리를 박탈한 끔찍하고 반동물적
인 행위라 아니할 수 없으니 마땅히 큰 벌을 받아야 할 것이다.”
　재판장의 그 기막힌 논고에 사람들은 고개를 끄덕거렸다.

황홀한 반란

- 플라톤의 '에로스의 기원'을 부정하며

어느 바닷가 하얀 백사장에, 저 유명한 철학자 플라톤이 홀로 앉아 수평선을 바라보며 사색에 잠겨 있었다. 이때 갑자기 해수면에 물결이 일더니, 사랑의 여신 사보아르미가 불쑥 솟아올라 모래밭으로 걸어나왔다. 사보아르미 여신은 플라톤에게 바짝 다가와 마주보고 앉았다.

"플라톤님, 나는 사랑의 여신 사보아르미입니다. 난 당신이 주창하는 에로스의 기원에 대해 설명을 듣고 싶습니다."

플라톤은 잠시 머뭇거리다가 입을 뗐다.

"난데없이… 굳이 알고 싶다면 말해드리겠소이다.

아득한 태고에 신이 인간을 만들 때, 남녀를 따로따로 만들지 않고, 음양을 두루 갖춘 한 사람으로 만들었지요. 그 이후 사람들은 홀로 사니 외롭기도 하고 또 심심하기도 하다고 신께 간청을 드렸습니다.

신은 곧 그 청을 받아들여 인간을 두 쪽으로 갈라 남녀를 따로따로 떼어놓았소. 그래서 인간은 자신의 잃어버린 반쪽과 결합하고 싶은 무한한 욕망을 갖고 태어난 것입니다. 다행히 제 짝을 찾아 결합하면 그 만남은 행복을 누리고, 제 짝이 아닌 다른 반쪽과 결합하면 그 만남은 불행을 초래하게 되지요."

플라톤의 설명을 들은 사보아르미 여신은 갑자기 까르르 웃었다.

"듣고 보니 그럴듯하군요. 그러나 그럴듯하기만 할 뿐 사실은 그렇지가 않답니다. 왜 남자가 끝없이 여자를 그리워하고, 왜 여자가 끝없이 남자를 그리워하느냐? 그 이유는 따로 있습니다.

하늘의 주신(主神) 꼬레아시나 신께서 맨 처음 인간을 창조하실 때, 진흙으로 남자와 여자의 형상을 빚은 뒤, 뜨거운 불의 기(氣)를 모아 남자 형상에 넣고, 차가운 물의 기를 모아 여자 형상에 넣었습니다.

다시 말해 남자는 뜨거운 불의 집합체이고, 여자는 차가운 물의 집합체인 것입니다. 그래서 남자는 그 뜨거운 열기를 식히기 위해 끝없이 여자를 그리워하고, 여자는 그 차가운 냉기를 데우기 위해 끝없이 남자를 그리워하는 것입니다."

사보아르미 여신은 이렇게 말하고는 다시 바닷물 속으로 사라져 버렸다.

쥐들의 꿩알 운반하기

한 땅굴에 모여 사는 들쥐 열 마리가 숲으로 야유회를 갔다. 뒤에
선 쥐가 앞의 쥐 꼬리를 물고, 마치 기차놀이를 하듯이 꼬리에 꼬리
를 물고 한 줄로 줄지어서 갔다.

그들은 남편 쥐 다섯 마리와 아내 쥐 다섯 마리, 즉 다섯 쌍의 부
부쥐였다.

그런데 얼마쯤 가다가 다섯 쌍의 부부쥐는 산기슭의 풀숲 속에서
꿩알을 발견했다. 모두 다섯 개였다. 아직도 알이 따뜻한 걸 보니 낳
은 지 얼마 안 되는 모양이었다.

들쥐들은 그 싱싱한 꿩알들을 일단 자신들의 굴로 옮겨다놓기로

하였다. 그러나 둥글고 매끌매끌한 꿩알을 손쉽게 갖고 갈 방법이 없었다.

무슨 묘안이 없을까, 들쥐들은 하나같이 머리를 짜내기 시작했다.

이윽고, 얼마 전에 새로 이사온 쥐가 '이솝우화'를 떠올리며 말했다.

"여러분, 이솝우화 속의 달걀을 훔쳐가는 쥐들처럼 우리도 그와 같은 방법으로 꿩알을 운반합시다."

모두 찬성이었다.

먼저 아내 쥐들이 벌렁 드러누워 네 다리로 꿩알을 하나씩 품에 끌어안았다. 그러자 남편 쥐들은 아내 쥐들의 꼬리를 물고 뒷걸음으로 기어갔다. 알을 품은 아내 쥐들을 끌고 가는 것이었다. 그런데 뒷걸음으로 가기 때문에 걸음이 매우 느렸다. 이러다가 다른 힘센 쥐들을 만나면 알을 빼앗길 게 뻔했다.

그들 가운데 가장 지혜로운 웅돌이쥐는 그렇게 남들처럼 뒷걸음으로 아내 쥐를 끌고 가면서도 이보다 더 좋은 방법은 없을까 하고 끊임없이 궁리했다.

한참 뒤 웅돌이쥐는 아내 쥐의 꼬리를 놓고 입을 뗐다.

"여러분, 잠시 걸음을 멈추고 제 얘기를 들으십시오. 여러분, 지

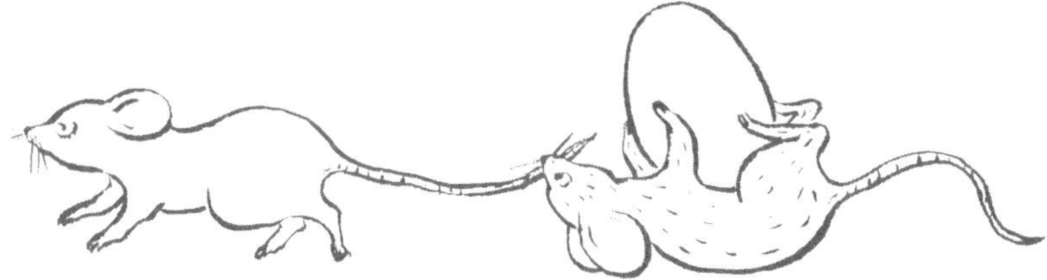

금 즉시 남편 쥐들은 아내 쥐들의 꼬리를 놓으십시오. 그 대신 꿩알을 품은 아내 쥐들이 남편 쥐들의 꼬리를 꼭 물어주십시오. 그러면 뒷걸음이 아닌 앞걸음으로 보다 빨리 갈 수 있지 않겠습니까?”

웅돌이쥐의 그 말에 모두 옳소, 옳소 하며 소리쳤다.

그 덕분에 쥐굴까지 빠른 시간 안에 꿩알을 운반한 들쥐들은 웅돌이쥐에게 헹가래를 쳐주며 환호성을 질렀다.

중용

강물 속에 잉어 세 마리가 살고 있었다.

어느 해 여름, 사나운 장마비가 퍼붓는 바람에 큰 홍수가 났다. 무서운 속도로 강물이 불어나 급기야 강둑이 터지며 붉은 황톳물이 들판으로 마을로 넘쳐 흘렀다.

세 잉어는 걱정이 이만저만이 아니었다. 점점 거세지는 강물에 휩쓸려 들판이나 마을로 떠내려가다가는 자칫 목숨이 위태로워질 것이기 때문이었다.

세 잉어는 우선 급한 대로 입으로 수초를 물고 있기로 했다.

그런데 세 마리의 잉어 모두 수초 줄기를 물고 있었지만, 단 한 마리만이 강물에 휩쓸려 가지 않았다.

왜일까?

세 마리 중 한 마리는 수초를 너무 세게 물고 있었기 때문에 제 이빨에 수초가 잘려 강물에 떠내려갔고, 또 한 마리는 수초가 이빨에 끊어질까봐 너무 느슨하게 물고 있었기 때문에 그만 수초를 놓쳐버린 것이다.

그러나 나머지 한 마리는 수초를 세게 물지도 느슨하게 물지도 않고, 적당한 힘으로 물고 있었기 때문에 그것이 끊어지지도 않았고, 또 그것을 놓쳐버리지도 않았던 것이다.

토이 원숭이의 지혜

한 원숭이 왕국이 있었다.

그 왕국의 대장은 워낙 폭군이라 '네로'라는 별명이 붙은 원숭이
였다.

대장 원숭이의 생일이 코앞으로 다가오고 있었다.

대장 원숭이는 전국의 모든 원숭이들을 궁전 앞 광장에 불러모
았다.

"사흘 후면 위대한 나의 생일이다. 모든 원숭이들은 생일선물을
준비하여 내게 바쳐라. 비싼 것일수록 좋다. 가장 하찮은 선물을 바
치는 놈은 그냥 두지 않겠다."

이처럼 대장 원숭이의 횡포는 끝이 없었다. 대장 원숭이 네로는 다른 원숭이들의 눈물과 땀, 피로 자신의 배를 채웠다.

그로부터 사흘이 지나 마침내 네로 원숭이의 생일이 되었다.

원숭이들은 저마다 선물 보따리를 들고 궁전 앞 광장으로 모여들었다. 그들은 너나없이 혹시라도 자신이 준비해온 선물이 값으로 쳐 가장 뒤처지는 것이 아닐까, 근심 어린 얼굴이었다.

대장 원숭이는 선물 보따리를 하나하나 풀어보고 나서, 가장 값싼 선물을 갖고 온 원숭이로 토이 원숭이를 지목했다.

토이 원숭이는 자신의 재산을 절반이나 뚝 잘라 장만해온 선물이기에 안심하고 있었는데, 그게 아니었던 것이다.

"토이 네 이놈, 너는 어이하여 이따위 하찮은 선물을 갖고 왔느냐? 이건 나를 모독하는 행위나 다름없다."

네로 원숭이는 불벼락처럼 엄한 목소리로 꾸짖은 후 부하 원숭이들에게 돼지를 몰고 오라고 명령했다.

그들에게 끌려온, 털 한 가닥 없는 허연 알몸뚱이 돼지의 등에는 자루가 하나 실려 있었다.

"토이 원숭이는 들으라. 보다시피 저 돼지는 털을 다 뽑아낸 돼지다. 등에 실린 저 자루 속에는 뽑아낸 돼지털이 전부 다 들어 있다.

너는 돼지털을 뽑아낸 구멍에 다시 돼지털을 하나하나 심어넣어라. 만약 단 한 개라도 제 구멍에 심지 못하고 다른 구멍에 심었다가는 엄벌을 면치 못할 것이다. 그러나 제대로 심어넣으면 너의 죄를 용서해주겠다. 시간은 일주일을 주겠다."

토이 원숭이는 수심에 찬 얼굴로 알몸뚱이 돼지를 몰고 집으로 돌아갔다.

수십만 개나 되는 돼지털을 하나하나 다시 심어넣는 것은 쉬운 일은 아니겠지만 할 수는 있을 것이다. 그러나 뽑아낸 제 구멍에다, 다시 심어넣는 것은 불가능한 일이다. 어느 구멍에서 뽑아낸 털인지 도저히 알 수 없을 테니까.

토이 원숭이는 고심에 고심을 거듭하다가 이윽고 일을 시작했다. 돼지털을 뽑아낸 구멍구멍에 털을 가리지 않고 마구 심어넣기 시작한 것이다.

'그 구멍에서 뽑아낸 털인지 아닌지 어떻게 알 것인가.'

토이 원숭이는 밤낮없이 그 일에 열중하여 6일 만에 돼지털을 다 심어넣었다. 허연 알몸뚱이였던 돼지가 다시 검은 털 돼지가 된 것이었다.

토이 원숭이는 검은 털 돼지를 몰고 다시 궁전으로 갔다.

“대장님, 돼지털을 다 심어넣었습니다.”

“호오, 그래?”

네로 원숭이는 트집을 잡기 위해 돼지를 이리저리 살펴보다가 앞다리의 털과 엉덩이의 털을 하나씩 뽑아들었다.

“모든 털을 제자리에 심었지만 이 두 개의 털은 잘못 심었다. 서로 자리가 바뀌었단 말이다.”

“대장님, 당치도 않은 말씀입니다. 그 두 개의 털은 돼지털이 아닙니다.”

“돼지털이 아니라니, 그게 무슨 소리인가?”

네로 원숭이는 눈을 동그랗게 뜨고 토이 원숭이를 주시했다.

“그 두 개의 털은 제 허벅지 털입니다.”

“뭣이라고?”

“털이 두 개 모자라 제 허벅지 털을 뽑아 심었던 것입니다. 돼지털을 뽑아낸 구멍은 총 17만 개인데, 자루 속의 털은 두 개가 모자랐습니다. 그래서 제 털을 뽑아 심었던 것입니다.”

토이 원숭이의 임기응변이었다.

그때 궁전 벽에 걸려 있는 조롱 속의 앵무새가 입을 열었다.

“남에게 일을 시키려면 스스로 그 일을 할 줄 알아야 하거늘, 대장님께서는 돼지털과 원숭이털도 분간하지 못하면서 어찌 그 두 개의 털이 자리가 바뀌었다고 억지를 쓸 수 있단 말입니까?”

대장 원숭이는 붉으락푸르락 얼굴이 심하게 일그러지더니 벌떡 일어나며 큰 소리로 외쳤다.

“여봐라! 저 앵무새의 털을 모조리 뽑아버려라!”

쥐들의 외줄타기

산기슭의 외딴 집.

마당에 쳐놓은 빨랫줄 한가운데에 잘 익은 옥수수 이삭 한 다발이 묶여 있었다. 노랗게 익은 굵은 옥수수알들이 먹음직스러워 보였다.

그 집의 담장 밑에 굴을 파고 무리 지어 사는 네 마리 쥐가 그 옥수수 다발을 발견했다. 네 마리의 쥐는 쥐구멍 앞으로 나와 새까만 눈알을 굴려가며 군침을 삼켰다. 마침 빨랫줄의 한쪽 끝은 처마 밑의 서까래에 묶여 있었고, 다른 쪽 끝은 살구나무에 묶여 있었다.

쥐들은 옥수수알을 쪼아먹기로 작정하고 차례대로 살구나무를 타고 올라갔다. 그러곤 한 가닥 빨랫줄에 거꾸로 매달려 조심조심 옥

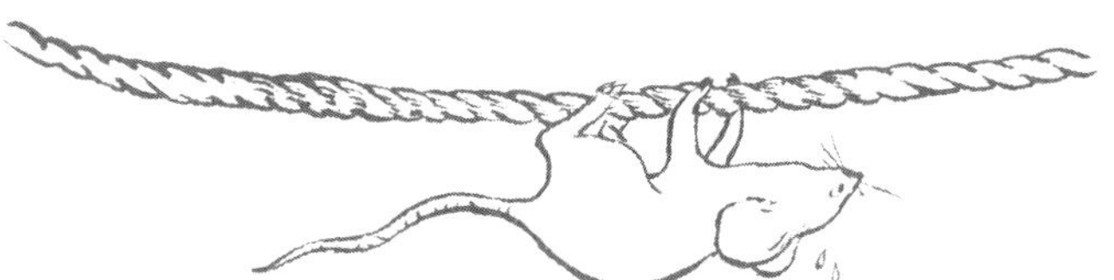

수수로 접근해갔다.

그런데 첫번째 쥐가 중간에서 떨어지고 말았다. 뒤를 이은 두번째 쥐도 실패했다.

그러나 세번째 방돌이쥐는 성공해서 고소한 옥수수알을 배불리 먹은 다음 마당으로 훌쩍 뛰어내렸다.

방돌이쥐는 다른 쥐보다 영리했다. 빨랫줄에 매달린 후, 빨랫줄을 두 뒷다리 사이에 넣고, 뒷발을 서로 깍지를 낀 채 두 앞다리로 기어간 것이다. 설사 빨랫줄을 잡은 두 앞다리를 놓아버린다 해도 아래로 떨어질 리가 없었다.

마지막 쥐인 웅돌이쥐도 성공했다. 웅돌이쥐는 방돌이쥐보다도 더 영리했다. 빨랫줄에 매달린 뒤, 빨랫줄을 사이에 두고 제 꼬리를 입으로 문 다음, 네 발로 매달려 간 것이었다.

그 또한, 빨랫줄을 잡은 네 발을 모두 놓아버린다 해도 아래로 떨어질 염려가 없었다.

공자와 노자의 자존심 싸움

공자가 방 안에 앉아 눈을 지그시 감고 상념에 잠겨들기 시작했다.

"주인장 계시오?"

밖에서 들려오는 소리에 공자는 여닫이 방문을 밖으로 밀었다. 뜻밖에도 마당 한가운데에는 노자가 서 있었다. 노자는 지나가다 잠시 쉴까 해서 아무 집에나 들어섰던 것인데, 공교롭게도 그곳이 공자의 집이었던 것이다. 두 사람은 눈이 마주치자 몹시 당혹스러워했다.

"웬일이시오, 노자 양반? 어서 방으로 들어오시오."

공자가 먼저 그렇게 입을 뗐다.

노자는 그 자리에 서서 빙긋이 웃기만 하다가 이렇게 물었다.

"공자 양반, 한 말씀 물어보겠소이다. 지금 방문을 열어놓지 않았소이까. 그 방문이 바깥쪽으로 열려 있는 것이오, 안쪽으로 열려 있는 것이오?"

공자는 웬 쓸데없는 것을 묻느냐는 표정으로 노자를 바라보았다.

"그걸 몰라서 묻소, 당연히 바깥쪽으로 열려 있지 않소이까!"

"공자 양반이 있는 그 방은 방 속의 방인 것이오. 우주라는 큰 방 속에 있는 작은 방이란 말이오. 나는 지금 우주라는 큰 방 속에 서 있는 것이오. 그 방문은 바깥쪽으로 열려 있는 것이 아니라 내 방 안으로 열려 있는, 즉 안쪽으로 열려 있는 것이오. 그리고 나더러 방 안으로 들어오라는 것을 보니 내게 할 말이 있는 모양인데, 할 말이 있으면 내 방으로 들어와서 하시오."

노자는 자신 있는 목소리로 설파하듯 그렇게 말했다.

"어허, 소가 웃을 일이고, 소 뱃가죽에 달라붙은 진드기도 같이 웃겠소이다. 노자 양반, 본시 항아리는 뒤집을 수가 없는 것이오. 영원히 안은 안이고 밖은 밖인 것이오. 항아리를 뒤집으려다 그것을 깨뜨리는 우를 범하지 마시오. 그렇듯, 주인은 주인이고 객은 객인 것이오. 객이 주인을 찾아왔으면 마땅히 방에 들어와 예를 갖추는 것이 도리가 아니겠소?"

그에 질세라 공자도 바쁘게 혀를 움직였다.

시간이 흐를수록 두 사람의 목소리가 높아졌다. 근처를 지나가던 많은 행인들이 머리를 담장 위로 뽑아 올리고, 두 사람의 입씨름을 흥미 있게 지켜보았다. 두 사람 다 천하에서 으뜸가는 논객인지라, 서로 한치의 양보도 없이 막상막하였다.

해질 무렵이 되어도 그들의 논쟁은 끝나지 않았다.

이때 그 입씨름을 지켜보고 있던 떠돌이 풍자가 김도풍이 갑자기 발로 대문을 박차며 마당으로 들어섰다.

"공자, 노자 두 양반 다 들으시오! 문짝이 안으로 열렸느냐 밖으로 열렸느냐 그것이 중요한 것이 아니라, 열려 있다는 그것이 중요한 것이오.

그리고 당장 이 여닫이 문짝을 떼어내버리고, 그 대신 미닫이문을 설치하시오. 미닫이문은 밖으로도 안으로도 열리지 않고 오로지 옆으로만 열릴 뿐이오."

김도풍은 공자와 노자를 향해 이렇게 우렁차게 말하더니 순식간에 방문짝을 떼어 마당 한 귀퉁이로 내동댕이치듯 던져버렸다. 공자와 노자는 다소 놀라는 눈치였다.

"여보시오, 서로가 서로에게 자신의 방으로 들어오라고 하는데, 당신네들은 이 방 문턱 위에 서로 마주보고 앉아서 이야기를 나누시오. 이 방 문턱이 공자의 방과 노자의 방의 경계가 아니겠소. 두 다리 사이에 이 방 문턱을 끼고 마주보고 앉아서 이야기를 하란 말이오."

김도풍은 또 한바탕 호통치듯 말한 뒤 바람처럼 휑하니 가버렸다.

공자와 노자는 그가 말한 대로 문턱 위에 마주보고 앉아서 안과 밖, 주인과 객에 대한 논쟁을 계속하기 시작했다.

그로부터 닷새가 지났다.

그들의 논쟁은 여전히 계속되고 있었다.

더욱 우스운 것은, 공자는 맹자를 불러들이고, 노자는 장자를 불러들여 패를 지어 싸우고 있는 것이었다.

더더욱 우스운 것은, 그 방 문턱을 두 팔과 두 다리 사이에 두고, 맹자와 장자가 마주보고 엎드려서 싸우고, 맹자 등에는 공자가, 장자 등에는 노자가 올라가 마주보고 앉아서 계속 입씨름을 하고 있는 것이었다.

실상 공자가 마당으로 나가지 않은 이유는, 공자가 마당에까지 나가 노자를 황송히 마중했다는 입소문이 퍼질까봐 두려워서였다.

그리고 노자는 자신이 공자의 방 안에까지 들어가 엎드려 배알했다는 소문이 퍼질까봐 두려워서 안으로 들어가지 않았던 것이다.

바람 빠진 공

지금으로부터 200여 년 전, 한 별나라의 왕국에서 있었던 일이다.

그 왕국에 곧은 말 잘하기로 소문난 풍자가 김도풍이 우연히 머물게 되었다.

그런데 그 나라는 법을 공정하게 운용하지 않는 황제가 다스렸기 때문에 부정부패가 극에 달했다.

그러다 보니, 날이 갈수록 국민들의 불만이 커지고 원성이 하늘을 찌를 듯했다.

어느 날, 김도풍은 참다 못해 황제를 찾아가 직언을 했다.

"황제 폐하, 법이 바로 서야 나라가 바로 섭니다. 첫째도, 둘째도

법은 공평무사하게 집행되어야 마땅합니다. 그런데 폐하는 어떠신 지요?"

황제는 그간에 저질러온 잘못이 숱한지라 얼굴이 붉으락푸르락 했다.

김도풍은 봇짐을 풀어 그 속에서 축구공처럼 생긴 공을 하나 꺼 냈다.

"폐하, 이것은 법입니다."

황제는 매우 마뜩찮아하는 표정이었다.

"그건 공이 아니냐, 공이 법이라니?"

"폐하, 이 공을 세워보겠습니다."

김도풍은 두 손으로 공을 들어올렸다가 아무렇게나 탁 내려놓고 말했다.

"보십시오, 공이 서 있습니다."

황제는 입을 꼭 다문 채 공을 바라보기만 했다.

"폐하, 이번에는 이 공을 앉혀보겠습니다."

김도풍은 이번에도 역시 두 손으로 공을 들어올렸다가 아무렇게 나 탁 내려놓았다.

"보십시오, 공이 앉아 있습니다."

“…….”

“폐하, 이번에는 이 공을 눕혀보겠습니다.”

김도풍은 두 손으로 공을 들어올렸다가 아무렇게나 탁 내려놓았다.

“보십시오, 공이 누워 있습니다.”

황제는 여전히 입을 다문 채 공을 뚫어지게 바라보기만 했다.

이때 김도풍이 두 팔을 뻗어 떠받치듯 공을 들고 말했다.

“황제 폐하, 보십시오. 이 공은 서 있든, 누워 있든, 앉아 있든, 어느 쪽에서 바라보든 앞과 뒤, 위와 아래, 옆의 모양이 똑같습니다. 이처럼, 법은 전후좌우와 상하의 모든 사람들에게 똑같이 비춰져야 하고 또 똑같이 적용되어야 합니다.”

김도풍의 청산유수 같은 열변을 더 이상 듣다 못한 황제가 화를 벌컥 내더니, 갑자기 송곳을 꺼내 공을 푹 찔러버렸다. 그리고는 두 손으로 공을 눌러 납작하게 찌그러뜨렸다. 공은 바람 빠진 풍선처럼 구겨졌다.

잠시 멈칫하던 김도풍이 재빠르게 응수했다.

“폐하, 바로 이것입니다. 이렇게 바람을 빼고 막 찌그러뜨리면, 이 공은 어느 방향에서 보든 각기 다른 모양으로 보입니다. 이렇듯 폐하께서는 이 나라의 법을 찌그러뜨린 공으로 만들었던 것입니다.

마음 내키는 대로 제멋대로 법을 집행해왔단 말입니다. 때문에 전후
좌우와 상하에서 법을 바라보는 국민들의 눈도 모두 제각각입니다.
폐하, 이것은 공이 아니라 죽은 공입니다. 이 공은 죽은 법입니다.”

　이렇게 말한 김도풍은 벌떡 일어나 제 갈 길을 가버렸다.

　황제는 모래 씹은 듯 얼굴을 찌푸렸다. 그러다가 어느새 뉘우쳤는
지 하염없이 고개를 끄덕거렸다. 그리고는 신하를 불러 크게 외쳤다.

　“여봐라, 이 공이 다시 탱탱해지도록 바람을 듬뿍 넣어 오너라!”

과잉 충성

왕과 열두 명의 신하가 한자리에 모여 중대한 국사를 논의하는 중이었다.

그런데 그날 따라 왕의 안색이 아주 좋지 않아 보였다.

"전하, 전하의 용안에 구름이 잔뜩 끼었습니다. 무슨 좋지 않은 일이라도 있는지요?"

한 신하가 물었다.

"엊저녁에 고래고기를 좀 과식했더니 속이 불편하오. 설사도 나고……."

왕은 그 말을 끝내기가 무섭게 화장실에 갈 겨를도 없이 속옷에다 실수를 해버리고 말았다. 곧 역한 냄새가 솔솔 피어올랐다.

"아이구, 이 일을 어쩌나. 내가 옷에다 실례를 했구면. 속옷 좀 갈아입고 올 터이니 잠시들 기다려주시오."

당황한 왕은 이렇게 말하고는 배를 움켜쥔 채 자리에서 일어났다. 그러자 마치 약속이라도 한 듯, 열두 신하들이 동시에 벌떡 일어나 재빨리 바지를 벗더니 이어 속옷까지 훌렁 벗는 것이었다. 그리고 제각기 제 속옷을 왕에게 내밀었다.

"전하, 제 속옷을 입으십시오. 오물 묻은 전하의 속옷은 제가 입겠습니다……."

모두 입을 모아 그렇게 말했다.

왕은 그들의 원이 너무도 간곡하여 차마 거부할 수가 없었다. 그래서 오물 묻은 속옷을 벗은 다음, 가장 큰 소리로 읍소하는 내무대신의 속옷을 받아 입었다.

그러자 나머지 열한 명의 신하는 울상이 되어 더 큰 소리로 읍소하였다.

"전하, 그러시면 아니 되옵니다. 제 속옷을 입으셔야 합니다. 제발 제 속옷을 입어주시옵소서……."

왕은 어쩔 수 없이, 또 가장 큰 소리로 읍소하는 군무대신의 속옷을 받아 들었다. 왕이 입고 있는 속옷을 벗으려 하자 내무대신은 절규하듯 더 큰 소리로 읍소하였다.

"전하, 그러시면 아니 되옵니다. 절대로 절대로 제 속옷을 벗으시면 아니 됩니다. 계속 제 속옷을 입고 계셔야 합니다……."

난처한 왕은 이러지도 저러지도 못한 채 한동안 우두커니 서 있더니, 어쩔 수 없다는 듯 내무대신의 속옷 위에다 군무대신의 속옷을 껴입는 것이었다.

그러자 나머지 열 명의 신하들은 더 큰 소리로 읍소를 하였다.

"전하, 그러시면 아니 됩니다. 제 속옷도 입으셔야 합니다……."

이번에는 학무대신의 속옷을 받아 그 위에다 껴입었다.

나머지 아홉 명의 신하들도 더 큰 소리로 읍소를 하였다.

이렇게 해서 왕은 결국 열두 신하의 속옷을 죄다 껴입을 수밖에 없게 되고 말았다.

그런데 또 문제가 생겼다. 냄새가 지독한 왕의 속옷을 과연 누가 차지할 것이냐 하는 것이었다.

하지만 열두 신하는 왕의 속옷을 서로 자신이 입겠다고 또 야단법석을 피웠다.

왕은 마뜩찮은 표정으로 그 모습을 지켜보다가 선뜻 말문을 열었다.

　"자아, 이제 그만들 하시게나. 과인에게 좋은 방법이 있네. 내 속옷을 열두 쪽으로 찢어 한 조각씩 나눠 가지게나."

　신하들은 왕의 속옷을 가위로 잘라 열두 쪽으로 나누었다.

　그런데 신하들은 그 중에서 조금이라도 더 큰 조각을 갖겠다고 또 싸움을 벌이는 것이었다.

　왕은 한숨을 푹 내쉬고 혀를 끌끌 차며 혼잣소리로 중얼거렸다.

　"어이구, 어찌 이리도 내가 인덕이 없을꼬. 어이하여 내 주위에는 시도 때도 없이 알랑방귀만 뀌어대는 아첨꾼들과 간악하기 짝이 없는 간신모리배들만 득실거리는지……. 과인은 참으로 복도 많은 왕이로구나. 신하들 덕택에 속옷을 열두 개씩이나 껴입지를 않나… 쯧쯧쯧!"

황소와 외나무다리

이른 아침, 주인은 황소 등에 감자를 잔뜩 싣고 읍내에 팔러 갔다.

고개를 넘어 한참 내려가자 높은 절벽이 나타났다. 그 절벽 위에서 건너편 절벽 위로 긴 외나무다리가 놓여 있었다.

주인이 앞장을 섰다. 그러나 황소는 외나무다리 앞에 떡 버티고 서서 꿈쩍도 하지 않았다. 아무리 고삐줄을 잡아당겨도 황소는 막무가내였다.

"주인님, 저는 건너갈 수가 없을 것 같아요."

"못 건너간다고? 왜?"

"저는 사람처럼 다리가 두 개가 아니고 네 개예요. 이 좁은 외나무다리를 네 다리로 어떻게 건너간단 말이에요. 저쪽 산능선 쪽으로 돌아서 가요."

그러나 주인은 고개를 가로저었다.

"안 돼, 바쁘단 말이야. 빨리 가야 돼."

주인이 다시 고삐줄을 잡아당겼다. 황소가 끝끝내 버티고 서 있자 주인은 꾀를 냈다. 튼튼한 끈으로 황소의 앞다리와 뒷다리를 각각 한데 묶었다.

"이제 됐다. 너도 이제 두 다리가 되었으니 어서 건너가자."

황소는 어이가 없었다. 짐승으로 태어난 것도 서러운데 주인까지 어리석은 사람을 만나다니, 더 큰 서러움이 복받쳐 올랐다.

"이놈아, 이제 두 다리가 됐는데 왜 안 건너가려는 거야? 너 읍내 장에까지 무거운 감자를 싣고 가기 싫어 잔꾀를 부리는 게지?"

주인은 발과 주먹으로 황소를 마구 때렸다.

"아니에요, 주인님. 이렇게 묶인 상태로는 평탄한 길에서도 걷기 어려운데, 어떻게 외나무다리를 건너간단 말이에요."

"왜 못 건너? 아까는 네 발이라서 못 건넌다더니, 두 발을 만들어 주니까 왜 딴소리야?"

이번에는 몽둥이로 황소를 사정없이 두들겨팼다.

황소의 커다란 두 눈에서 눈물이 주르륵 흘러내렸다. 아파서 흘리는 눈물이 아니라, 서러워서 흘리는 눈물이었다.

"주인님. 차라리 끈을 풀어주세요. 네 발로 건너가볼 테니까요."

"안 돼. 네 발로 걸으면 낭떠러지에 떨어져."

수인은 더욱 힘주어 고삐줄을 잡아당겼다.

황소는 슬프고 안타까웠다. 그렇게 묶인 상태로 건너든 네 발로 건너든, 절벽 아래로 떨어질 것이 너무 뻔했기 때문이었다.

바로 그때였다. 하늘이 도운 것일까, 황소의 머릿속에 번뜩 떠오르는 생각이 있었다.

"주인님, 그러면 그 고삐줄을 손에 쥐고 있지 말고 주인님 허리에 묶으세요. 그러면 제가 건너갈게요."

"내 허리에 고삐줄을 묶으라고, 왜?"

"만일 제가 외나무다리 아래로 떨어지면 주인님도 함께 떨어질 게 아니에요. 저는 죽어서도 주인님을 섬기고 싶어요."

단 1분 1초라도 지긋지긋한데 죽어서까지 섬기겠다니, 그건 황소의 진심이 아니었다.

그러자 주인은 산능선 쪽으로 돌아 가자며 앞장서서 그쪽으로 걸어갔다.

주인은 그제서야 허리에 고삐줄을 묶었다가는 황소와 함께 절벽
아래로 떨어져 죽을지도 모른다는 두려움이 생겨났던 것이다.

자승자박

흰눈이 펑펑 쏟아지는 어느 겨울날, 여우가 멧돼지네 집에 놀러 갔다.

멧돼지는 난롯불에 밤을 구워먹고 있었다. 여우는 군침을 삼키며 말했다.

"멧돼지야, 내가 도토리 100개를 줄 테니까 군밤 열 개만 줄래?"

그 말을 듣고, 멧돼지는 나름대로 셈을 해보았다.

"군밤 한 톨에 도토리 열 개인 셈이니 내가 손해볼 건 없구나."

"군밤 먹고 나서 집에 가서 도토리 갖고 올게."

"좋아, 그렇게 해."

여우는 군밤 열 개를 먹어치운 뒤, 집으로 가 도토리를 갖고 왔다.

멧돼지는 도토리를 하나하나 헤아려보고, 따지듯이 말했다.

"여우야, 도토리 100개 준다고 약속했잖아. 근데 왜 50개밖에 안 주는 거야?"

"멧돼지야. 도토리는 한 개가 두 쪽이야. 콩도 하나가 두 쪽이잖아. 하나가 두 개란 말이야."

여우는 이렇게 말하고 낄낄 웃었다.

멧돼지는 기가 차서 말이 나오지 않았다.

멧돼지는 곧바로 숲 속의 호랑이를 찾아가 자초지종을 고하고, 여우에게 엄한 벌을 내려달라고 호소했다.

호랑이는 지체없이 여우를 불러들였다.

"여우 네 이놈. 듣자니 너는 도토리 한 개를 두 개라고 속였다면서? 그 죄값으로 네 꼬리에 매를 100대 때리겠노라."

호랑이는 여우를 땅바닥에 등을 대고 벌렁 드러눕게 한 뒤, 녀석의 꼬리를 곧게 펴놓고 가느다란 회초리로 매질하기 시작했다.

여우의 눈에서는 눈물이 흘러나오고, 입에서는 고통에 찬 신음소리가 터져 나왔다.

이윽고 호랑이는 매 100대를 다 때렸다.

호랑이는 회초리를 바꿔, 다른 회초리로 또 매질을 하기 시작했다.

"호랑이님. 100대를 다 때렸는데 왜 또 때리시는 것입니까?"

여우는 엉엉 울면서 항의하듯 그렇게 말했다.

"너의 말대로 도토리 한 개가 두 개이듯이 내가 때리는 매는 열 대가 한 대이니라. 왜냐하면 하나의 굵은 회초리를 쪼개고 쪼개 열 개의 회초리를 만들었기 때문이니라. 이 열 개의 회초리로 각각 100대씩 때려야 끝나느니라."

마침내 호랑이는 1,000대의 매를 다 때렸다.

그러자 여우의 꼬리는 시퍼렇게 멍이 들어 털이 다 빠져버렸다. 여우의 꼬리는, 마치 시퍼렇게 멍든 가오리 꼬리를 붙여놓은 듯했다.

과일 없는 나라

　푸른 바다 한가운데의 한 아름다운 섬에 '보리스타'라는 이름의
동물왕국이 있었다.

　그 나라는 과일을 주식으로 하는 나라였다. 사시사철, 산과 들에
지천으로 널려 있는 과일나무에는 사과, 포도, 감, 귤, 밤, 배 등의
온갖 열매들이 주렁주렁 열려 있었다.

　보리스타 왕국의 우두머리는 '진시황'이라는 별명을 가진 호랑이
였다.

　그런데 진시황 호랑이는 국민들로부터 지지를 전혀 받지 못하고

있었다. 사치와 향락, 부정부패 때문이었다.

특히 문제가 되는 것은 주위에 포진해 있는 열두 마리의 충복들이었다. 사자, 표범, 늑대, 독사, 악어 등 진시황 호랑이의 충복들은 제 종족의 무리 중에서 가장 힘이 세며 포악한 녀석들이었다. 진시황 호랑이는 그들에게 나랏일을 송두리째 맡겨버린 채 나 몰라라 하고 뒷짐만 지고 있었다. 충복들은 온 나라를 제 맘대로 주물럭거렸다.

마침내 참다 못한 국민들은 어느 날, 분통을 터트리며 진시황 호랑이의 궁전 앞으로 몰려들어 시위를 벌이기 시작했다. 그 기세로 보아, 금방이라도 궁전에 쳐들어가 진시황 호랑이를 몰아낼 것만 같았다.

그러자 진시황 호랑이는 충복들을 모아놓고, 다시는 이런 일이 발생하지 않도록 본때를 보여주라고 명령했다. 충복들은 무서운 송곳니와 날카로운 발톱으로 시위 군중을 닥치는 대로 가차없이 물어뜯었다.

그날 밤, 진시황 호랑이는 열두 마리의 충복들을 한자리에 불러모았다.

"그대들은 들으라. 내, 듣자하니, 시위대들의 주장이 세금을 내리라는 둥, 향락에서 깨어나라는 둥, 사파이어 모으는 일을 중단하라는 둥 그런 것들이었노라.

나는 이 나라의 황제이고, 모름지기 황제는 나라의 주인이다. 주인이 제 것을 제 맘대로 하는데 왜 그 따위 소란을 피우는지 통 모르겠구나. 지금까지 이런 일이 한 번도 없었는데 도대체 왜들 그러는지, 그대들은 그 이유가 무엇이라고 생각하는가?"

노기 띤 목소리였다. 충복들은 어찌해야 할지 몸둘 바를 몰랐다.

그때였다. 사자가 눈치를 살펴가며 조심스럽게 입을 열었다.

"폐하 이 땅의 사과나무를 모조리 뽑아 없애야만 합니다. 사과 속에는 입 없는 '무구악마'의 머리통이 들어 있습니다. 사과나무를 없애지 아니하면 언젠가는 또다시 이런 일이 발생할 것입니다."

"사과 속에 무구악마의 머리통이 들어 있다니, 도대체 그게 무슨 뚱단지 같은 소리인가?"

사자는 미리 준비해온 사과를 칼로 탁 잘랐다.

"폐하, 이 사과 속을 자세히 살펴보십시오. 입 없는 무구악마가 들어 있지 않습니까?"

진시황 호랑이는 눈을 부릅뜨고 사과 속을 들여다보았다. 그러자 사과 속에 진짜 악마와 흡사한 모양의 괴물이 들어 있는 것을 발견했다.

"짙게 무늬진 부분은 악마의 머리통이요, 새까만 두 사과씨는 두 눈알 같으니, 이거 틀림없는 악마로다."

그에 힘을 얻은 사자는 신이 난 듯 그림을 한 장 펼쳐 보였다.

"무구악마의 모습은 이러합니다."

"허……."

진시황 호랑이는 그 그림을 뚫어지게 바라보았다.

"황제 폐하! 우리 국민들은 이제껏 입 없는 무구악마의 머리통이 들어 있는 사과를 먹어왔던 것입니다. 때문에 국민들의 심장에 악마의 혼이 스며들게 되었습니다. 그리하여 악마처럼 성질이 더러워져 오늘 같은 난동을 부리는 것입니다. 사과를 먹지 못하게 하면 다시 성질이 온순해질 것입니다."

사자의 말을 들은 진시황 호랑이는 이내 밝은 표정으로 돌아왔다.

"오, 장하도다. 그대의 말이 백 번 옳도다. 사과 속의 악마를 찾아내면서까지 내게 충성하는 그대야말로 나의 분신이로다. 과인이 그대에게 황금촛대 열 개를 하사할 것이노라."

이에 사자는 더욱 힘이 실린 목소리로 외치듯 말했다.

"황제 폐하, 당장 온 나라의 사과나무를 모조리 뽑아 없애고, 앞으로는 절대 사과를 먹지 못하게 해야 합니다."

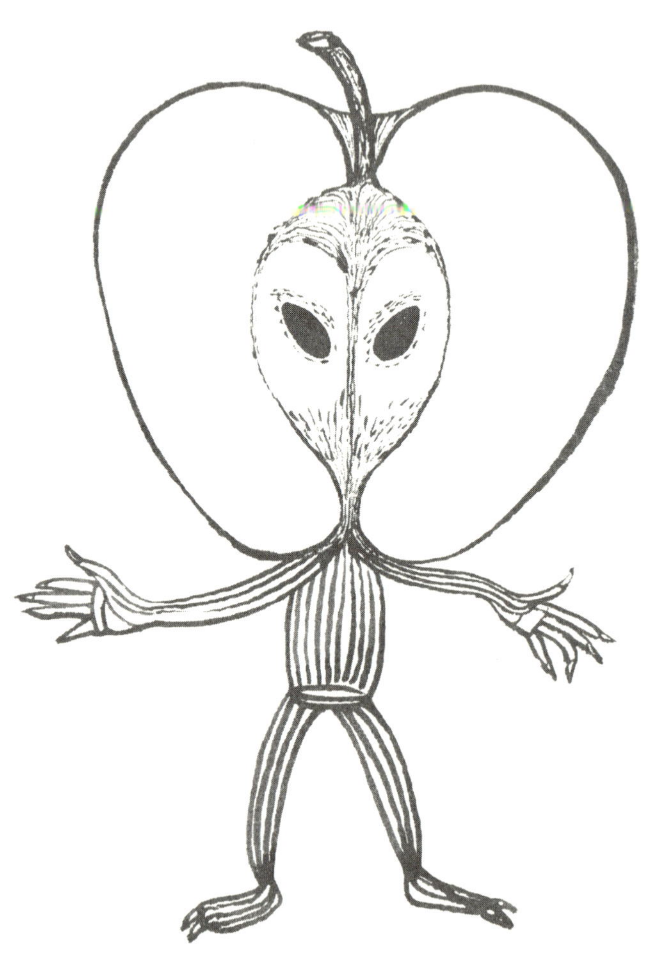

"좋다, 그렇게 하도록 하라. 앞으로 누구를 막론하고 사과를 먹는 자는 죽음이 있을 뿐이라고 전국 방방곡곡에 즉각 방을 붙이거라."

사자는 기쁨에 겨워 어쩔 줄을 몰랐다. 나머지 충복들은 부러운 눈으로 사자를 쳐다보았다.

이튿날 정오 무렵이었다.

표범이 포도 두 송이를 들고 진시황 호랑이를 찾아왔다.

"황제 폐하, 이 땅의 포도나무를 모조리 잘라 없애야 마땅합니다. 포도는 '외발악마'의 귀가 틀림없습니다."

"포도가 외발악마의 귀라고, 그건 또 무슨 소리인가?"

진시황 호랑이가 의아해하자 표범은 그림을 한 장 꺼내 펼쳐 보였다.

"황제 폐하, 보십시오. 외발악마의 생김새는 이러합니다. 외발악마의 귀를 먹어왔기 때문에 국민들의 가슴에 악마의 피가 스며들었습니다. 그리하여 악마처럼 심성이 고약해져 어제처럼 그런 가당찮은 데모를 벌이는 것입니다. 포도를 못 먹게 하면 다시는 그런 일이 발생하지 않을 것입니다."

진시황 호랑이는 감탄을 자아냈다.

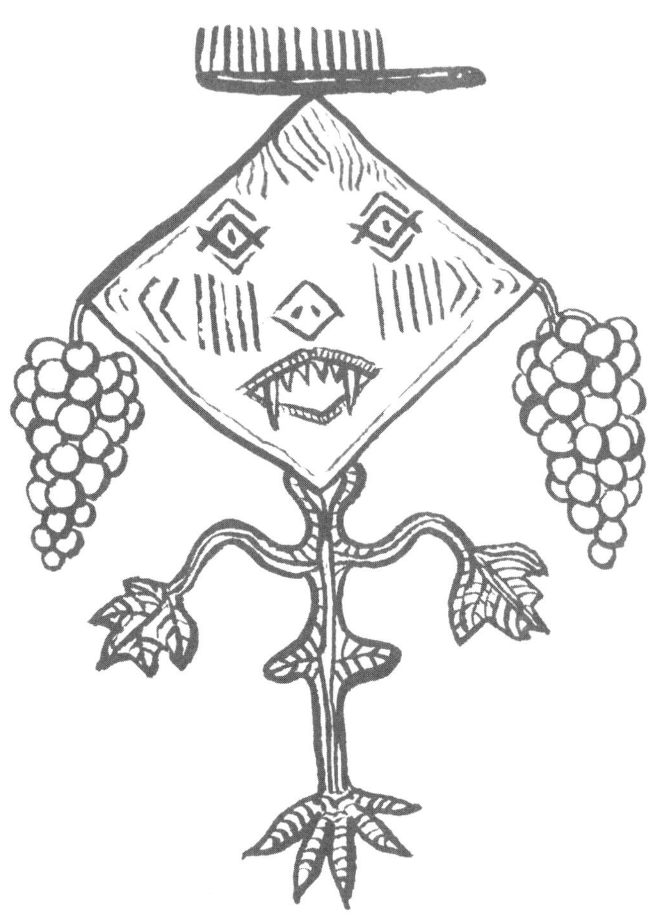

“오, 그대 역시 나의 충성스러운 신하로다. 그대에게도 황금촛대 열 개를 포상할 것이노라. 당장 온 나라의 포도나무를 모조리 잘라 없애도록 하라.”

표범이 채 물러나기도 전에 늑대가 얼굴을 들이밀었다. 얼마나 허둥지둥 달려왔는지 가쁜 숨을 헉헉 몰아쉬었다.

“황제 폐하, 이 땅의 밤나무를 모조리 잘라 없애야 합니다. 보십시오, 가시밤송이는 ‘토성귀신’의 복부가 틀림없고, 밤알은 토성귀신의 내장입니다.”

그러고는 갖고 온 그림을 펼쳐 보였다.

“오, 그래?”

“그렇습니다. 토성귀신의 내장을 먹어왔기 때문에 우리 국민들의 육신에 귀신의 피가 스며들었습니다.”

진시황 호랑이는 이번에도 감탄해 마지않았다.

“그대 역시 나의 충성스러운 신하로다. 내 어찌 황금촛대 열 개를 하사하지 않으리. 당장 온 나라의 밤나무를 모조리 뽑아 없애도록 하라.”

늑대는 양쪽 입꼬리가 양 귓불에 닿도록 입을 크게 벌리고 허허거리며 좋아했다.

뒤를 이어, 똬리를 틀고 기다리고 있던 독사가 진시황 호랑이 앞으로 바짝 다가왔다. 입에는 감을 하나 물고, 꼬리로는 시퍼런 단도와 흰 봉투를 단단히 감아쥐고 있었다.

"황제 폐하, 이 땅의 감나무를 모조리 뽑아 없애야 합니다. 감 속에는 '괴뿔악마'의 뿔이 들어 있고, 그 뿔에 놈의 두 눈이 박혀 있습니다."

독사는 꼬리의 단도로 감을 탁 잘랐다. 진시황 호랑이는 감을 집어들고 그 속을 자세히 살펴보았다.

"그렇다, 이것은 두 눈이 박혀 있는 악마의 뿔이 틀림없다."

그에 용기를 얻은 독사는 흰 봉투 속의 그림을 꺼내 펼쳐 보였다.

"황제 폐하, 괴뿔악마의 생김새는 이러합니다."

진시황 호랑이는 고개를 끄덕거렸다.

"괴뿔악마의 뿔이 들어 있는 감을 먹어왔기 때문에 우리 나라 국민들의 심성이 악마의 뿔처럼 고약해졌습니다."

"그대 또한 나의 충성스러운 신하로다. 내 그대에게도 황금촛대 열 개를 포상할지어다. 당장 온 나라의 감나무를 모조리 뽑아 없애도록 하라."

독사가 사라지자마자 이번엔 악어가 기어왔다.

"황제 폐하, 이 땅의 복숭아나무를 남김없이 다 뽑아 없애야 합니다. 복숭아 속에는 '외눈박이악마(애꾸눈악마)'의 심장이 들어 있습니다. 악마의 심장을 감싸고 있는 복숭아를 먹어왔기 때문에 악마처럼 어제와 같은 그런 데모를 벌이는 것입니다. 외눈박이악마의 모습은 이러합니다."

악어가 그림을 한 장 펼쳐 보였다.

"과연 외눈박이악마의 심장이 맞구나. 내 그대에게도 황금촛대 열 개를 하사할지어다. 당장 온 나라의 복숭아나무를 모조리 뽑아 없애도록 하라."

뒤이어서 내무장관 호랑이가 진시황 호랑이를 찾아왔다.

"황제 폐하, 이 땅의 귤나무를 모조리 뽑아 없애야 합니다. 귤 속에는 머리가 여덟 개 달린 '수레바퀴귀신'의 여덟 개의 혓바닥이 들어 있습니다."

이윽고 내무장관은 귤을 꺼내 가로로 싹둑 자른 다음 그림을 한 장 펼쳐 보였다.

진시황 호랑이는 그 귤과 그림을 꼼꼼히 살펴보았다.

"보건대, 귤 속에 머리가 여덟 개인 수레바퀴귀신의 여덟 개의 혓바닥이 들어 있는 게 틀림없구나."

“황제 폐하, 수레바퀴귀신의 혓바닥을 먹어왔기 때문에 우리 나라 국민들의 혓바닥이 악마의 혓바닥처럼 악랄해져 세금을 내려달라는 둥 그런 헛소리를 하는 것입니다. 귤을 먹지 않으면 다시는 그런 헛소리를 하지 않을 것입니다.”

“그렇다, 그대의 말이 골백 번 옳고도 옳도다. 당장 온 나라의 귤나무를 모조리 뽑아 없애도록 하라. 앞으로 귤을 먹는 자는 그 즉시 죽음이 있을 뿐이라고 즉각 포고하라.”

뒤를 이어 문무장관 호랑이, 외무장관 늑대, 군무장관 표범 등 나머지 충복들도 진시황 호랑이를 찾아왔다.

별의별 구실을 다 갖다붙이며 고욤나무, 머루나무, 다래나무, 배나무 등도 모조리 뽑아 없애야 한다고 목청을 돋우었다.

그로 말미암아 급기야 보리스타 왕국은 과일 없는 나라가 되고 말았다.

쥐들의 착각

남쪽 바다 타홀로 섬에 사는 쥐들에게 귀를 솔깃하게 하는 한 소문이 떠돌았다. 소문인즉, 북쪽 나라 알래스카에 사는 쥐들은 주식으로 연어고기를 먹고 사는데, 그 맛이 천하일품이라는 것이었다.

이에 한 땅굴에 모여 사는 쥐 열 마리가 알래스카에 가서, 그 기막히게 맛 좋다는 연어고기를 훔쳐오기로 모의했다. 그들은 곧 바다를 항해해 갈 배를 만들기 시작했다. 열 마리의 쥐들은 먼저 넓은 스티로폼을 구해 그것을 유선형으로 만들었다. 그리고 플라스틱 바가지 열 개를 구해다가 그 위에 엎어놓고 단단히 붙였다. 각각의 바가지에는 구멍을 뚫어 출입구도 만들었다.

그러자, 마치 에스키모 인들의 얼음집과 같은 모양새가 되었다. 열 마리의 쥐는 각자 집을 한 채씩 갖게 된 것이었다.

막대기를 세워 돛을 달고… 이윽고 지도와 나침반을 이용해 바다를 항해해 갔다. 쥐들은 배가 고프면 스티로폼 배 가장자리에 앉아 꼬리를 바닷물에 담가놓았다. 물고기들이 쥐꼬리를 잘라 먹으려고 그것을 무는 순간, 쥐들은 재빨리 꼬리를 힘차게 끌어올려 딸려온 물고기들을 맛나게 뜯어먹었다.

긴 항해 끝에 쥐 일행은 마침내 알래스카에 도착했다. 알래스카는 눈물나도록 아름다운 세상이었다. 산도 언덕도 집도 마을도 온통 유리였다. 하지만 사실 그것은 유리가 아니고 얼음이었다. 그 쥐들은 태어난 이래 줄곧 따뜻한 남쪽 나라의 타홀로 섬에서만 살아왔기 때문에 얼음에 대해 몰랐고, 그것을 유리로 착각한 것이다.

열 마리의 쥐들은 바닷가에 스티로폼 배를 정박해놓고, 그 나라의 쥐들이 사는 어느 해변마을로 갔다. 평평한 유리바닥 위에 마치 바가지를 엎어놓은 듯한 볼록볼록한 열두 채의 유리집들이 눈에 띄었다.

하지만 모두 빈집이었다. 단 한 마리의 쥐도 눈에 띄지 않았다. 열 마리의 쥐들은 이게 웬 횡재냐며 잽싸게 자물쇠를 부수고 안으로 들어갔다.

집집마다 먹음직스러워 보이는 연어고기포가 잔뜩 쌓여 있었다. 조금씩 떼어 먹어보자 소문대로 그 맛이 기절하리만치 살살 녹았다. 열 마리의 쥐들은 연어고기만 훔쳐갈 것이 아니라 아예 유리로 만들어진 마을 전체를 송두리째 훔쳐가기로 마음먹었다.

열 마리의 쥐들은 자신들이 타고 온 스티로폼 배와 똑같은 크기로 유리마을의 유리바닥을 톱질하여 유선형으로 잘랐다. 그런 다음 그 유리마을을 거꾸로 뒤집어놓고, 그 평평한 밑바닥에 스티로폼 배를 끌어올렸다. 마지막으로, 두 배의 가장자리에 구멍을 뚫어 긴 끈으로 스티로폼 배와 유리마을을 한데 꿰매었다.

열 마리의 쥐들은 다시 돛을 올리고, 자신들의 고향 타홀로 섬을 향해 출발했다. 사흘간 밤낮없이 바다를 항해한 끝에 드디어 목적지에 도착했다.

그런데 이게 어찌 된 일인가? 스티로폼 배 밑바닥에 붙여놓은 유리마을이 송두리째 사라져버리고 흔적조차도 없는 것이었다. 그 추운 알래스카 바다에서 따뜻한 남쪽 바다로 왔으니, 얼음마을이 녹아버리는 것은 당연한 일이었다.

그것을 알 리 없는 열 마리의 쥐들은 눈을 동그랗게 뜨고 서로를 멀뚱히 쳐다볼 뿐, 끝내 그 까닭을 찾아내지 못했다.

소녀 원숭이의 지혜

어느 소녀 원숭이가 산너머에 있는 외할머니 댁에 가고 있었다.
외할머니께 드릴 커다란 달걀 바구니를 머리에 이고 엄마 원숭이의
심부름을 가는 것이었다.

그런데 으슥한 숲 속으로 들어서는 순간, 복면을 한 검은 원숭이
에게 납치되고 말았다. 검은 원숭이는 소녀 원숭이를 캄캄한 한 구
석방에 가두었다.

소녀 원숭이는 검은 원숭이가 악어보다도 싫었다. 혼자 있을 때면
언제나 엄마와 아빠, 친구들이 너무도 그리워서 큰 소리로 엉엉 울
었다.

어느 날, 검은 원숭이가 먹이를 구하러 밖에 나가고 없었다. 그 틈을 타 소녀 원숭이는 탈출을 하려고 했지만 도리가 없었다. 항상 그랬듯이 방문이 굳게 잠겨 있었기 때문이다.

그런데 벽에 붙은 전기 콘센트 구멍에서 개미 한 마리가 기어나왔다.

"개미야, 너는 어디에 사는데 그 구멍에서 기어나오니?"

"난 이 집 돌담 아래에 있는 개미굴에서 살아요."

"그런데 왜 콘센트 구멍에서 기어나오니?"

개미는 자세히 설명해주었다.

"개미굴 앞에 전봇대가 하나 서 있거든요. 그걸 타고 올라가 전깃줄을 따라 이동했어요. 벽 속에 들어갔다가 이렇게 콘센트 구멍에서 기어나오는 거예요. + 극과 − 극, 두 가닥이 붙어 있는 전선줄에는 골이 있잖아요. 우리는 몸집이 워낙 작아 그 골을 따라 벽 속에서도 마음대로 기어다닐 수 있거든요."

"아, 그렇구나. 개미야, 그럼 너 나 좀 구해줄 수 없겠니?"

"구해달라니, 그게 무슨 소리예요?"

개미가 의아해하며 물었다.

"사실 난 낯모르는 어느 검은 원숭이한테 납치돼 이 지하실에 갇혀 있는 신세란다."

소녀 원숭이의 눈에 금방 이슬이 그렁그렁 맺혔다.

"어머, 세상에 이럴 수가! 그렇다면 당연히 도와드려야지요. 그런데 어떻게 도와드리죠?"

"경찰서에 가서 신고를 좀 해줘."

"신고하는 건 어렵지 않지만 경찰이 하찮은 제 이야기를 믿기나 할까요?"

소녀 원숭이는 잠시 궁리를 하다가 이윽고 백지에 글씨를 쓰기 시작했다.

저는 감금되어 있어요. 저를 구해주세요.

글자 하나하나에 순서대로 번호를 매겨 ①저, ②는, ③감, ④금… 이렇게 가위로 잘랐다. 종이 조각은 쌀알 크기고, 글자는 좁쌀 크기였다.

"개미야, 지금 당장 돌아가서 네 친구 열다섯 마리만 더 데리고 와줄래. 이걸 하나씩 물고 경찰서에 갖다주면 틀림없이 믿을 거야."

"좋아요, 알았어요. 원숭이님은 집으로 돌아가야 마땅하고, 또 원숭이님을 끌고 온 납치범은 반드시 죄값을 받아야 마땅해요."

개미는 다시 콘센트 구멍으로 들어가, 한참 후에 제 친구 열다섯 마리를 데리고 나타났다.

"개미들아, 미안해. 이걸 하나씩 물고 경찰서에 좀 갖다줘."

"경찰서가 어디 있는지 모르거든요, 위치를 좀 알려주세요."

소녀 원숭이는 개미들을 손바닥에 올려놓고, 창 밖으로 보이는 경찰서를 가리켜주었다.

"예, 알았어요."

"땅바닥으로 기어서 가면 찾기가 쉽지 않을 거야. 그러니까 전봇대 위에 걸린 전깃줄을 타고 가. 저기 봐, 전봇대들이 경찰서 쪽으로 일렬로 쭉 서 있잖아."

"정말 그렇네요."

개미들은 그 종이 조각을 하나씩 물고 콘센트 구멍으로 들어간 다음, 다시 전깃줄을 따라 재빨리 이동해갔다.

그 도중에, 전봇대 사이의 전선줄 위에서 '감' 자를 물고 있던 개미가 재채기를 했다. 그 바람에 종이 조각을 아래 길바닥으로 떨어뜨리고 말았다. 그 개미는 즉각 아래로 뛰어내려 '감' 자를 찾아 이리저리 헤매 다녔다. 한참만에 그 개미는 '감' 자를 찾아 물고 다시 전봇대를 타고 올라왔다.

전선줄 위에 멈춰 초조하게 기다리고 있던 나머지 열다섯 마리

개미들은, 그 개미가 '감' 자를 찾아 물고 올라오자 너무 기뻐 다 같이 만세를 외쳤다. 그 바람에 그들이 물고 있던 종이 조각들은 죄다 아래로 떨어졌다. 그들은 즉시 길바닥으로 뛰어내렸다. 겨우겨우 자신들이 흘린 글자를 찾아 물고, 개미들은 전봇대를 타고 다시 올라왔다.

그로 인해 시간이 많이 지체되었다.

개미들은 경찰서 바로 옆의 전봇대에 도착, 전깃줄을 따라 벽 속으로 기어 들어갔다. 한 콘센트 구멍으로 빠져나가자 마침 그곳이 경찰서장실이었다. 개미들은 책상다리를 타고 올라가 물고 온 글자를 책상 위에 내려놓았다.

"경찰서장 원숭이님, 빨리 돋보기를 꺼내세요! 이 종이 조각들을 번호순으로 나열하여 읽어보세요."

경찰서장 원숭이는 그것을 읽어보고 나서, 곧바로 몇몇 경찰을 이끌고 개미들이 알려준 집으로 쏜살같이 달려갔다.

그리하여 소녀 원숭이는 마침내 자유를 찾게 되었고, 그와 반대로 납치범 검은 원숭이는 자유를 잃고 말았다.

선과 악

어느 날, 성선설을 주장한 맹자와 성악설을 주장한 순자의 무덤이 도굴을 당했다. 늘 인간이 되고 싶어하던 털 없는 원숭이 짓이었다.

그들은 죽어 무엇을 남겼을까, 과연 무덤 속에는 무엇이 남아 있을까, 성선설과 성악설 중 과연 어느 것이 옳은 것인가? 털 없는 원숭이는 그런 것들이 몹시도 궁금했던 것이다.

털 없는 원숭이는 먼저 맹자의 무덤을 찾아가 봉분을 파헤쳤다. 하지만 이미 흙 속으로 모든 것이 스며들어 머리카락 한 가닥도 남아 있지 않았다. 텅 빈 항아리 속처럼 그저 허무한 공간일 뿐이었다.

이때 갑자기 휘휘휙- 하고 바람소리가 나더니 맹자의 혼령이 털

없는 원숭이 앞에 나타났다. 그리고 원숭이의 손에 무엇인가를 쥐어주고는 흔적 없이 사라져버렸다. 집으로 돌아온 원숭이가 불을 켜고 자세히 보니 옥으로 만든 조그만 나사였다. 그런데 수나사였다.

원숭이는 자리를 털고 일어나, 이번엔 순자의 무덤을 찾아갔다. 그 무덤 속에도 역시 아무것도 없었다. 빈 집처럼 쓸쓸하기만 했다.

그런데 이때 갑자기 또 바람이 휙— 불어오더니 순자의 혼령이 나타나는 것이었다. 그러고는 나사 하나를 떨어뜨렸는데, 이번엔 옥으로 만든 암나사였다.

원숭이는 순자가 준 암나사에 맹자가 준 수나사를 끼워보았다. 거짓말처럼 아귀가 딱 맞았다. 그 암나사와 수나사는 한 벌이었던 것이다. 그 두 나사의 크기는 암나사보다 수나사가 훨씬 컸지만, 그 무게는 똑같았다.

아, 인간은 악하면서도 선하고, 선하면서도 악한 존재로 태어나는 것이구나. 선한 사람이 되느냐, 악한 사람이 되느냐, 그것은 개개인의 의지에 달려 있는 것이구나.

맹자의 수나사에 맞는 암나사를 손수 깎아서 그 한 벌의 나사를 쓰면 선을 행하는 것이 되고, 순자의 암나사에 맞는 수나사를 손수

깎아서 그 한 벌의 나사를 쓰면 악을 행하는 것이 된다.

그런데 그 수나사와 암나사, 그 한 벌의 나사를 그대로 쓰면 어떻게 될까? 한참 고민하던 털 없는 원숭이는 너무 골치가 아파 인간이 되고 싶어하던 갈망을 포기해버리고 말았다.

지네의 좌우 다리

어느 날, 신바르스 원숭이는 심심함을 달래려 지네를 다섯 마리 잡았다. 그리고 각기 다른 방법으로 다리를 떼어내보았다.

지네의 수많은 다리 중에서 똑같이 20개의 다리를 떼어내더라도, A와 C 같은 방법으로 떼어내면 떼어내기 전과 마찬가지로 아주 빠른 속도로 기어갔다.

반면 B와 D 같은 방법으로 떼어내면 지네는 다소 느리기는 해도 그런 대로 잘 기어갔다.

그런데 E와 같이 떼어내자 지네는 한 뼘도 기어가지 못하고 제자리에서만 뱅글뱅글 맴돌뿐이었다.

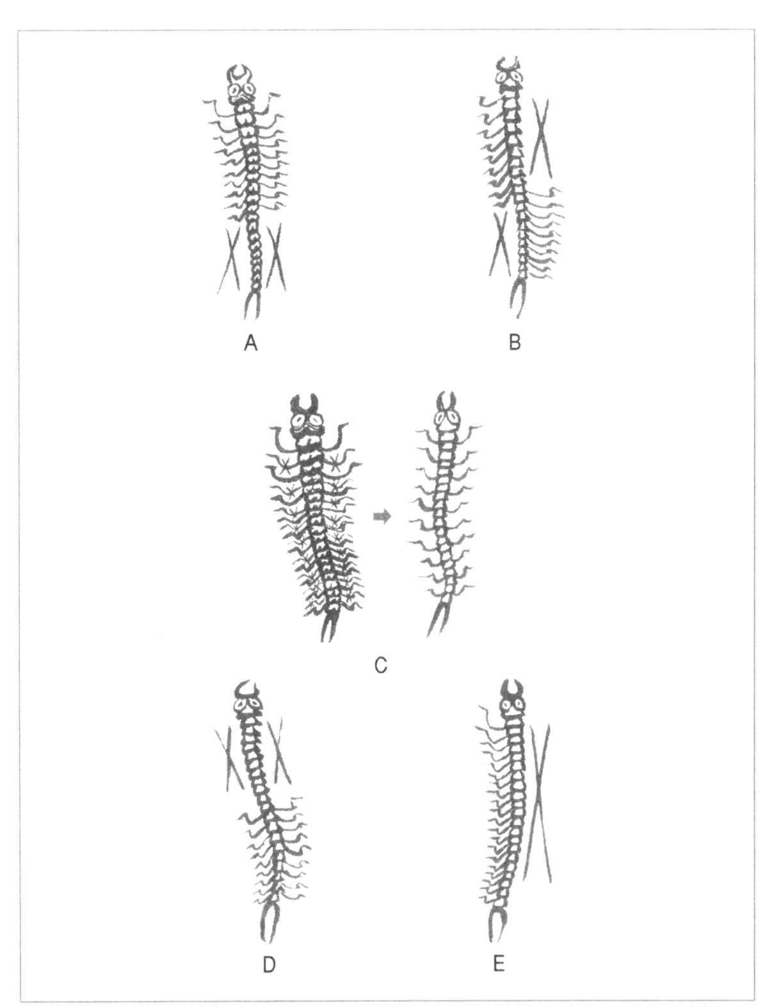

A
B
C
D
E

황금알과 콩나물

어느 숲 속의 동물왕국, 그 나라의 대왕은 호랑이였다.

어느 상쾌한 아침, 호랑이 대왕이 산기슭의 호젓한 오솔길을 따라 산책을 하고 있었다. 푸드드득, 저쪽 산기슭의 우물 속에서 아름다운 봉황새가 하늘로 솟구쳐 올랐다.

호랑이 대왕은 넋을 잃고 봉황새의 아름다운 자태를 쳐다보았다. 그러다가 얼른 달려가서 그 우물 속을 들여다보았다. 깊은 우물 속에는 봉황새의 황금알이 하나 둥둥 떠 있었다. 그 알은 타조알보다 더 컸는데, 눈부시게 빛나고 있었다. 저렇게 커다란 알이 가라앉지도 않고 물에 떠 있다니, 그 또한 신기한 일이었다.

호랑이 대왕은 여태껏 한 번도 먹어보지 못한 그 봉황새 알이 무척이나 탐이 났다.

"아, 저 황금알은 맛이 어떨까?"

그러나 황금알을 건져 올릴 마땅한 방법이 없었다. 우물가에 놓인 두레박을 넣어 건져 올리려고 애를 써봤지만 소용이 없었다.

호랑이 대왕은 즉시 숲 속의 동물들을 집합시켰다. 꽃사슴과 산토끼, 노루, 다람쥐, 반달곰 등등 산짐승 가족이 속속 몰려왔다.

"어찌하면 저 우물 속의 황금알을 건져 올릴 수 있겠는가?"

호랑이의 질문에 꾀 많은 긴꼬리여우가 입을 뗐다.

"호랑이 대왕님, 좋은 수가 있습니다."

호랑이 대왕은 잔뜩 기대가 섞인 표정으로 물었다.

"으흥, 어서 말해보아라."

"우물 속에다 콩을 두어 섬 쏟아 넣으면 됩니다!"

호랑이 대왕은 대뜸 화를 벌컥 냈다.

"입 다물지 못해! 황금알을 건져 올릴 방법을 말하라니까, 엉뚱하게 콩을 왜 쏟아 넣어! 네놈이 감히 내 앞에서 농담을 해?"

여우는 그 이유를 말하고 싶었지만, 겁이 나서 입을 꾹 다물고 있었다.

호랑이 대왕은 씩씩거리며 한바탕 호통을 치더니, 그래도 분이 풀리지 않자 단숨에 여우를 물어 죽여버렸다. 원래 성격이 불 같은 호랑이였다. 여우는 그 이유를 말해보지도 못하고 숨을 거두었다. 호랑이 대왕과 동물들은 아무리 궁리를 거듭해도, 별다른 묘안이 떠오르지를 않았다.

며칠이 훌쩍 지났다.

호랑이 대왕은 혹시나 싶어 여우가 말한 대로 우물 속에다 콩을 두어 섬 와르르 쏟아 넣어보았다.

그러자 물에 잠겨버린 콩이 불어 점점 굵어졌다. 그러더니 싹이 돋아 콩나물이 쑥쑥 자라 오르기 시작했다. 우물이 콩나물시루가 되어버린 셈이었다. 물 위에 둥둥 떠 있던 그 황금알은 콩나물 위에 얹혀졌다.

그리고 노란 콩나물이 자라 오를수록 그 황금알도 점점 더 위쪽으로 올라오는 것이었다. 마침내 우물 위에까지 콩나물이 자라 호랑이 대왕은 드디어 그 황금알을 잡을 수 있게 되었다. 게다가 맛있는 콩나물 파티까지 할 수 있게 되었다.

그제서야 호랑이 대왕은 그 이유도 묻지 않고 여우를 물어 죽인 것이 몹시 후회스러웠다.

"아, 내가 참으로 큰 잘못을 저질렀구나. 그토록 똑똑하고 영리한 여우를 죽이다니, 내 급한 성미가 원수로다."

호랑이 대왕은 몇 번이나 자신을 원망하며, 해마다 그날이 되면 여우의 원혼을 달래주기 위해 위령제를 지내주기로 했다.

산비둘기의 꾀

소나무숲 속에 개미들이 떼지어 놀고 있었다.

그때 하얀 비둘기 한 마리가 날아오더니 말을 걸어왔다.

"개미들아, 나랑 놀자."

그 중에서 가장 영리한 일개미가 고개를 가로저었다.

"너랑 안 놀아. 산비둘기 너 우리랑 노는 척하면서 우리 개미들을 몰래 잡아먹으려고 그러는 거지?"

"아니야. 섭섭하게 무슨 말을 그렇게 하니?"

"아니긴 뭐가 아니야. 너 전번에도 우리 개미들을 많이 잡아먹었잖아."

“미안해. 다시는 안 그럴게.”

“정말?”

“그럼, 정말이고말고.”

산비둘기는 개미들을 안심시키고 나서 한 가지 제안을 했다.

“개미들아, 우리 심심한데 내가 수수께끼 하나 낼 테니 맞혀볼래?”

개미들은 금세 녀석이 이끄는 분위기에 이끌렸다.

“수수께끼? 좋아.”

“개미들아, 이 지구상에서 제일 나쁜 놈들은 누구게?”

“인간놈들! 쓰레기 같은 인간놈들……..”

개미들은 약속이라도 한 듯 입을 모아 그렇게 소리쳤다.

“맞았어. 어휴, 인간놈들만 없다면 정말 이 지구는 살 만한 세상인데. 이상한 차들을 자꾸 만들어내 하늘을 시커먼 연기로 더럽히지 않나, 지네들이 먹다 남은 쓰레기들을 아무 데나 버려 아름다운 산과 바다를 쓰레기통으로 만들어버리지 않나… 어휴, 생각만 해도 치가 떨리고 분통이 터져.”

“맞아, 맞아. 백 번 동감이야!”

“하지만… 그 지구에도 테레사라는 수녀님이 계셨는데, 그분은

평생 가난하고 병든 사람들을 위해 헌신하며 살다 돌아가셨대. 그 수녀님은 신발 두 켤레와 갈아입을 옷가지 두 벌이 전 재산이었다고 그래. 인간놈들이 참으로 나쁜 놈들이지만, 테레사 수녀님 같은 분은 지상에 존재하면 지상의 보석이고, 바다에 존재하면 바다의 보석이고, 하늘에 존재하면 하늘의 보석인 것 같아. 개미들아, 그 위대한 테레사 수녀님의 영혼을 기리는 뜻에서 일단 우리 5분간 묵념하자.”

“좋아, 좋아…….”

개미들이 모두 찬성하자 산비둘기는 몹시 기뻤다.

“묵념은 고개를 숙이고 두 눈을 꼭 감고 하는 거야. 절대로 눈 뜨면 안 돼.”

“알았어. 그쯤은 우리도 알아!”

“테레사 수녀님의 맑고 고운 영혼이시여. 하늘나라에서 행복과 기쁨으로 영생을 누리소서. 일동 묵념!”

개미들은 일제히 눈을 감고 묵념을 시작했다.

개미들이 눈을 감고 고개를 땅바닥에 처박고 있자 산비둘기는 재빨리 개미들을 한 놈씩 주워 먹기 시작했다.

이때 뭔가를 수상쩍게 여긴 일개미가 살며시 눈을 떠보았다. 아니나다를까, 산비둘기가 자기 친구들을 하나씩 잡아먹고 있는 게 아닌가! 깜짝 놀란 일개미는 목이 터져라 소리쳤다.

"야, 개미들아, 비상! 비상! 빨리 눈 뜨고 도망쳐. 산비둘기가 우리 개미들을 잡아먹고 있어!"

개미들은 눈을 뜨고 재빠른 동작으로 도망치기 시작했다.

이때 포만감에 젖은 산비둘기는 배를 두드리며, '다음엔 테레사 수녀님 대신 누구의 영혼을 기릴까' 하고 고민하고 있었다.

고양이와 딱따구리

숲 속, 고양이와 딱따구리가 서로를 벗삼아 같이 놀고 있었다.

그런데 고양이는 배가 고파지자 딱따구리를 잡아먹기로 했다. 딱따구리는 고양이의 본성을 잘 아는 터라, 그와 놀면서도 늘 경계심을 늦추지 않고 있었다.

그런데 어느 한순간 고양이가 입을 벌려 자신의 목을 물려고 하는 것이 아닌가! 그 순간 딱따구리는 날카로운 부리를 재빨리 고양이의 입 속에 넣어 녀석의 혀를 꽉 물어버렸다.

"하이구, 요것이 감히 내게 덤벼드네."

고양이는 입을 꽉 다물며 딱따구리의 부리를 힘껏 물었다. 딱따구리의 부리를 으스러뜨릴 기세였다.

그러나 제아무리 단단한 나무도 맘껏 쪼아대는 튼튼한 딱따구리의 부리가 쉽게 으스러질 리가 없었다. 고양이는 더욱 힘을 주었다. 그러나 힘을 주면 줄수록 딱따구리의 부리가 더 굳게 다물어져, 딱따구리가 물고 있는 고양이의 혀가 더욱 단단하게 물려버렸다.

하지만 고양이는 그것을 알지 못했다. 딱따구리가 점점 더 세게 물기 때문에 자기 혀가 점점 더 아픈 것이라고만 생각했다.

딱따구리는 고양이를 죽이고 싶지는 않았다. 그런데 자신의 부리를 빼내려고 아무리 애를 써도 도무지 빠지지가 않았다.

마침내 고양이는 혀가 짓눌릴 대로 짓눌려 철철 피를 흘리며 서서히 죽어가고 있었다.

꽃뱀과 구렁이

"이건 내 꺼야. 내가 먼저 발견했어!"

"아니야, 내 꺼야. 내가 먼저 발견했어!"

숲 속에서, 꽃뱀과 구렁이가 심하게 다투고 있었다. 덫에 걸린 새끼산토끼를 앞에 두고 서로 차지하려고 그러는 것이었다.

그들의 입싸움은 점점 더 거칠어져 급기야 몸싸움으로 발전하고 말았다. 서로를 물어뜯으려고, 입을 찢어지게 벌린 채 혓바닥을 날름거렸다. 두 뱀의 눈에서는 살기등등한 적의가 뿜어져 나왔다. 엎치락뒤치락, 이리 구르고 저리 구르고… 막상막하의 싸움이었다.

그러던 중, 꽃뱀은 구렁이의 꼬리가 입 언저리에 와닿자 순간적으로 녀석의 꼬리를 덥석 물어버렸다. 그에 질세라 구렁이도 재빨리 꽃뱀의 꼬리를 물었다. 둘은 서로를 먼저 먹어버리겠다고 꼬리부터 삼키기 시작했다.

어느새 꽃뱀은 구렁이의 몸뚱이를, 구렁이는 꽃뱀의 몸뚱이를 절반 이상이나 삼켰다. 그로 인해, 서로에게 삼켜져 서로의 몸 속에 들어가 있는 제 몸뚱이까지도 함께 삼켜졌다.

말하자면 자신이 자신을 먹는 꼴이 되어버렸던 것이다. 그것을 아는지 모르는지, 그들은 서로를 삼키는 일을 멈추지 않았다.

너도 도둑, 나도 도둑

암컷 쥐와 수컷 쥐, 한 쌍의 부부 쥐는 쉴새없이 황금들판의 벼이삭을 꺾어 쥐굴로 갖다 날랐다. 한시도 쉬지 않고 일을 한 덕분에 마침내 먹이 창고에는 알찬 벼이삭이 가득해졌다.

그런데 어느 날부터인가 100여 마리쯤 되는 개미떼가 쥐굴에 몰래 숨어들어 와 벼이삭을 자꾸 훔쳐갔다. 창고의 먹이는 차츰차츰 줄어들 수밖에 없었다. 참다 못한 부부 쥐는 개미떼를 한꺼번에 모조리 생포하여 경찰에 넘기기로 작정했다.

그날 밤, 부부 쥐는 철망을 준비하여 쥐굴 앞에 펴놓고 흙으로 살짝 덮은 뒤, 그 좌우에 구덩이를 하나씩 파 몸을 숨겼다. 그러고는 새까만 눈을 치켜뜬 채 도둑 개미떼가 나타나기를 기다렸다.

드디어 기다리고 기다리던 개미들이 나타났다. 도둑 개미들은 전과 다름없이 쥐굴로 기어들어가 벼를 한 톨씩 물고 밖으로 나오는 것이었다. 드디어 개미떼가 철망 위를 기어가는 순간 부부 쥐는 얼른 구덩이 밖으로 나와 철망을 위로 번쩍 들어올렸다.

그러자 철망을 덮고 있던 흙은 아래로 다 흘러내리고 철망 위에는 개미떼만 걸려 남았다. 부부 쥐는 철망을 좌우로 마구 흔들어 철망의 촘촘한 칸에 개미들의 허리가 걸려 꼼짝 못 하게 만든 뒤, 철망의 가로줄 철사들을 한가운데로 모아 양쪽 끝을 끈으로 묶었다. 이에 철망의 칸은 더욱 좁아져 거기에 허리가 걸려 있는 개미들은 도저히 도망칠 수가 없게 되었다.

이윽고 부부 쥐는 근처 풀밭으로 가 풀잎을 갉아먹고 있는 누에 같은 커다란 애벌레 두 마리를 품삯을 주고 불러왔다. 그러고는 두 애벌레에게 철망의 양쪽에 한 마리씩 엎드려 있게 한 뒤, 철망의 양쪽 세로줄 철사를 하나 건너 하나씩 볼록하게 휘게 했다.

그런 다음 철망의 볼록한 끝을 두 애벌레의 등줄기 마디마디에 하나씩 올려놓았다. 또 볼록하게 휘어놓지 않은 세로 철사줄은 직각으로 꺾어 위로 올린 다음, '도둑놈 호송 중'이라고 쓴 헝겊을 그 끝에 걸어놓았다.

"애벌레들아, 이제 경찰서로 가자."

두 애벌레는 총총걸음으로 기어가기 시작했다. 남편 쥐는 그 앞에 서고, 아내 쥐는 그 뒤를 따라가며 크게 소리쳐 말했다.

"세상의 곤충들이여, 동물들이여, 모두모두 이리 와 도둑놈들을 경찰서로 호송해 가는 이 기적 같은 장면을 구경하세요!"

그 소리를 듣고 근처에 사는 온갖 곤충들과 짐승들이 우르르 몰려왔다. 그 희한한 호송장면을 보고 다들 배꼽을 잡고 까르르까르르 키득키득 웃어댔다.

도둑 개미들은 창피스럽기 짝이 없었다.

마침내 부부 쥐 일행은 경찰서에 도착했다.

"경찰 아저씨, 이 개미놈들은 도둑놈들이에요. 우리 집 창고에서 벼이삭을 훔쳐가길래 모조리 잡아왔어요. 이놈들을 당장 감옥에 가둬주세요."

부부 쥐는 의기양양해하며 말했다.

“알았소. 이 도둑놈들을 감옥에 가두겠소. 이렇게 도둑을 잡아다
줘서 정말 고맙소.”

경찰은 개미들을 감옥으로 끌어가려고 했다.

“경찰 아저씨, 잠깐만요!”

그때, 가장 나이 많은 늙은 개미가 큰소리로 외쳤다.

“왜 그러시오?”

“도둑질을 했으니 벌은 달게 받겠습니다. 그러나 우리와 함께 이
부부 쥐에게도 벌을 내려주십시오. 우리는 이 부부 쥐의 굴에 들어
가 벼이삭을 훔쳤지만, 이 부부 쥐는 남의 논에서 벼이삭을 훔쳐다
가 자신들의 창고에 가득 채워놓았단 말입니다. 그러니 우리는 장물
을 훔친 것뿐입니다.”

들고 있던 경찰이 고개를 끄덕끄덕했다.

“그럼 개미들도 도둑놈이고, 쥐들도 도둑놈이고 피장파장이구
면.”

그리하여 개미들은 물론 부부 쥐도 함께 갇혀 철창 밖의 자유를
그리워하는 처량한 신세가 되고 말았다.

운명의 정의

황소 한 마리가 푸른 초원에서 풀을 뜯고 있었다. 서산 너머에서 검은 먹장구름이 하늘 한가운데로 서서히 몰려왔다. 이내 그 먹구름에서 굵은 빗방울이 후드득후드득 떨어지기 시작했다.

황소의 허리를 기준으로 뒤쪽에는 비가 내리고, 앞쪽에는 비가 내리지 않았다. 그러니까 꼬리 쪽에는 비가 내리고, 머리 쪽에는 비가 내리지 않는 것이었다.

세 발짝만 앞으로 나아가면 비를 전혀 맞지 않을 수 있고, 세 발짝만 뒤로 물러서면 온몸에 비를 맞을 수 있는 그런 형국이었던 것이다.

“이게 뭐야? 뒤에는 비가 오고 앞에는 안 오고. 이쪽저쪽 다 오든
가, 아니면 이쪽저쪽 다 안 오든가 그래야지.”
황소는 그렇게 퉁명스레 불평을 늘어놓았다.

비를 내리느냐 내리지 않느냐 그것은 하늘의 뜻이지만, 비를 맞느
냐 맞지 않느냐 그것은 인간의 뜻인 것입니다.

역지사지 형벌

‘우산국’이라는 이름의 어느 혹성에서 있었던 일이다.

그 나라의 한 마을에 두룽이와 소룽이가 살고 있었다. 그들은 이웃사촌이었다.

본디 두 사람은 아주 잘생긴 얼굴이었다. 그러나 예닐곱 살에 접어들 무렵, 두룽이는 천연두에 걸려 온 얼굴이 오목오목 패어 곰보투성이가 되어버렸고, 소룽이는 주근깨가 하나 둘 생겨나더니 이내 온통 주근깨투성이가 되어버렸다.

두 사람은 이웃사촌간이지만 사이가 매우 좋지 않았다. 눈만 마주쳤다 하면 소룽이는 두룽이를 ‘벌집’이라고 놀렸고, 이에 맞서 두룽이는 소롱이를 '깨밭'이라고 비아냥거렸다. 그러다 보니 번번이 상스러운 욕설을 주고받게 되었고, 급기야는 주먹까지 오가게 되고 말았다.

나이 스물이 되었어도 그들의 못된 입버릇, 주먹 버릇은 고쳐지지 않았다. 부모 형제를 비롯해 마을 어른들이 아무리 타이르고 호통을 쳐도 소용이 없었다.

한번은 그 나라의 대왕이 마을을 지나가다가 그들이 싸우는 모습을 우연히 보게 되었다. 대왕은 그들을 불러 무릎을 꿇어앉히고, 왜 싸우는지 그 경위를 추궁했다.

"이웃사촌간에 서로의 흠과 티끌을 덮어주고 감싸주어야 마땅하거늘, 그대들은 오히려 싸우기만 하니, 내 그대들의 못된 입버릇과 주먹 버릇을 고치기 위해 벌을 내리는 수밖에 없구나. 너희들에게 역지사지 형벌을 내리겠노라!"

이윽고 대왕은 늘 데리고 다니는 자신의 주치의에게 지시를 내렸다.

"보아하니, 두롱이 청년의 오목오목 팬 곰보자국 개수와 소롱이 청년의 새까만 주근깨 개수가 엇비슷하니, 소롱이 청년의 주근깨를 하나하나 도려내어 두롱이 청년의 옴푹옴푹 팬 곰보자국에 하나씩 심어 주어라.”

곧 주치의는 대왕의 명령에 따랐다.

먼저 두롱이 청년의 오목 팬 곰보자국 하나하나를 예리한 칼끝으로 열십 자로 찢어놓은 다음, 소롱이 청년에게서 떼어낸 주근깨를 접붙이듯 하나씩 접합하였다.

그로 인해 소롱이 청년은 주근깨가 없어진 대신 얼굴이 온통 곰보투성이가 되어버렸고, 두롱이 청년은 곰보자국이 메워진 대신 온통 주근깨투성이가 되어버렸다. 그들의 표현대로 ‘깨밭’은 ‘벌집’이 되고, ‘벌집’은 ‘깨밭’이 된 것이다.

도마뱀이 거북으로 변한 사연

아득한 옛날 옛적 일이다.

깊은 산중의 어느 작은 암자에 한 스님이 살고 있었다. 스님은 늘 새벽녘에 일어나 불상 앞에 촛불을 켜놓고 정성껏 염불공양을 하였다. 맑은 목탁소리가 똑 딱 똑 딱 울릴 때면 새벽의 고요는 더욱 고요해졌다.

어느 날 새벽, 도마뱀 한 마리가 방 안으로 들어와 방바닥과 벽을 타고 다니다가 촛대를 넘어뜨려 촛불을 꺼뜨렸다. 스님이 다시 촛대를 세워놓고 촛불을 켜놓았으나 도마뱀은 또다시 촛대를 넘어뜨려 촛불을 꺼뜨리고 말았다.

그날 이후, 도마뱀은 새벽마다 찾아와 스님의 애를 먹였다. 스님을 곯려주는 일에 도마뱀은 큰 재미를 느꼈던 것이다.

도마뱀은 자신의 걸음이 워낙 빠른데다 벽이나 기둥을 가리지 않고 아무 데나 마음껏 기어다닐 수 있기 때문에 스님에게 잡히지 않을 것이라고 생각했다. 더구나 불가에서는 살생을 금하기 때문에 설사 잡힌다 해도 죽임을 당하지는 않을 것이라고 믿었다.

스님은 성질이 느긋하고 마음씨가 너그러웠지만 번번이 도마뱀이 애를 먹이자 마침내 화가 났다. 그래서 도마뱀을 잡아 단단히 혼내주기로 하였다. 그러나 녀석의 발걸음과 몸동작이 워낙 빨라 맨손으로는 잡을 수가 없었다.

다음날 새벽, 스님은 방 안에 큰 이불을 펴놓고, 옆에는 박으로 만든 커다란 바가지 하나를 놓아두었다. 그러고는 여느 때처럼 목탁을 두드리며 경을 읊고 있었다.

드디어 어김없이 그 도마뱀이 나타났다. 도마뱀이 이리저리 돌아다니다 방바닥에 펴놓은 이불 위를 기어가자, 스님은 날쌔게 바가지로 녀석을 덮쳤다. 그리하여 도마뱀은 바가지 속에 갇히는 신세가 되어버렸다.

스님은 한 손으로는 바가지를 누른 채, 다른 한 손으로는 이불 홑

청을 도려내어 바가지를 감싼 채로 꿰매어버렸다.

도마뱀의 생각대로 살생을 금해야 하는 불가의 스님으로서 녀석을 죽일 수는 없었다. 살려주기는 해야겠는데 그대로 풀어주면 또 찾아와 애를 먹일 것 같았다.

"그래, 살려주기는 하되 녀석의 걸음을 최대한 느리게 만들어 놓자. 다시 찾아와 애를 먹이면 금방이라도 잡을 수 있게."

스님은 납작한 흰 나무접시를 구해 바가지에 대고 딱 붙여버렸다. 그리고 나서 그 접시에 여섯 개의 작은 구멍을 뚫었다.

"도마뱀아, 너는 지금껏 수십 차례에 걸쳐 부처님께 바치는 내 염불공양을 방해했다. 죄를 지으면 그 죄값을 받아야 마땅하느니라. 너는 자신의 빠른 걸음만 믿고 내게 잡히지 않을 것이라고 생각했겠지. 이제 너는 세상에서 가장 느리게 걷는 느림보가 되어 살아가야 하느니라.

접시에 뚫어놓은 여섯 개의 구멍 밖으로 네 다리와 머리, 꼬리를 내놓고 기어가거라. 너보다 힘센 동물이 너를 잡아먹으려고 접근해 오면, 빠른 걸음으로 도망쳐 갈 수 없으니 머리와 꼬리, 네 다리를 바가지 속으로 끌어들이거라. 어서 가거라."

도마뱀은 더없이 슬프고 후회스러웠다. 그러나 어쩔 도리가 없
었다.

도마뱀은 여섯 개의 구멍 밖으로 네 다리와 머리, 꼬리를 내밀고
발길 닿는 대로 느릿느릿 기어갔다. 바가지와 접시가 무겁고 불편하
여 그 재빨랐던 걸음이 세상에서 제일가는 느림보 걸음이 되어버린
것이다.

그로부터 몇 년이 흘러갔다. 바가지 속의 도마뱀은 크게 자라나
등은 바가지에 딱 붙어버리고 배는 접시에 딱 붙어버려, 오늘날과
같은 거북이 되었다.

오늘날까지도 거북 등의 무늬는 그때 스님이 바가지를 감싼 이불
홑청의 무늬 그대로이다. 그리고 거북의 배는 왜 하얀 색깔일까? 그
때 스님이 바가지에 붙인 그 나무접시가 하얀색이었기 때문이다.

두 친구와 소 이야기

간도리 청년과 애누리 청년이 사이좋게 길을 가고 있었다. 그들은 절친한 친구 사이였다. 이들이 어느 강가에 이르렀을 때, 한 여자아이가 강물에 빠져 둥둥 떠내려가고 있었다.

"사람 살려! 사람 살려!"

두 청년은 곧장 강물 속으로 뛰어들어 그 여자아이를 구해냈다. 알고 보니, 그 아이는 그 나라에서 제일가는 부자, 옹기세 할아버지의 손녀딸이었다.

이튿날 옹기세 할아버지는 상다리가 부러지도록 한 상 차려놓고 두 청년을 초대하였다.

"그대들, 참으로 고맙네. 하나뿐인 손녀딸이 그대들 덕택에 목숨을 건졌네. 내 그대들에게 사례를 톡톡히 하겠네."

할아버지는 하인에게 소 두 마리를 끌고 오게 했는데, 한 마리는 500킬로그램이 넘는 큰 황소였고, 다른 한 마리는 태어난 지 열흘쯤 된 어린 송아지였다.

"이 두 마리의 소를 그대들에게 줄 것이니, 두 사람이 잘 의논하여 한 마리씩 나눠 갖도록 하게나."

"옹기세 할아버님, 물에 빠진 손녀 따님을 먼저 발견한 사람은 저였고, 그 즉시 제가 먼저 강물에 뛰어들었습니다. 이 친구는 머뭇거리다가 저를 따라 마지못해 강물에 뛰어든 것뿐입니다. 그러니 제가 큰 황소를 가져야 마땅합니다."

애누리 청년이 그렇게 말하자, 간도리 청년은 웃음 띤 얼굴로 겸손한 마음을 드러냈다.

"옹기세 할아버님, 제가 어린 송아지를 갖겠습니다. 제게는 어린 송아지도 과분합니다."

옹기세 할아버지는 고개를 끄덕거렸다.

청년들이 선물로 받은 소는 보통 소들과는 달리 수명이 2,000년이나 되는 아주 신기한 소였다. 고기 맛 또한 기막히게 좋아 금덩이보다 몇 곱절이나 비싼 소였다.

옹기세 할아버지에게는 그런 소가 100마리 있었다. 그 중 99마리는 어린 송아지와 같은 핏줄이었고, 애누리 청년의 몫이 된 큰 황소는 혈혈단신이었다.

이윽고 두 청년은 각자의 소를 몰고 그 집을 빠져나왔다. 집 옆의 방목장을 지나갈 때였다. 애누리 청년의 어린 송아지가 '음매음매' 하고 목놓아 울기 시작했다.

"여보, 저 어린것을 홀로 보낼 수는 없소. 우리도 같이 갑시다."

"네, 그렇게 해요."

이리하여 엄마 소, 아빠 소가 어린 송아지의 뒤를 따라왔다.

"손주 송아지야, 아들 소야, 며느리 소야, 너희들만 보내자니 가슴이 미어지는 것 같구나. 우리도 같이 가서 너희들과 함께 살아야겠구나. 할멈, 우리도 같이 갑시다."

"네. 그렇게 해요."

할아버지 소, 할머니 소도 뒤를 따라왔다.

"여보, 우리도 같이 가는 것이 어떻겠소? 사랑스런 피붙이들과 이별하자니 가슴이 찢어지는 것 같소."

"네, 그렇게 해요."

증조할머니 소, 증조할아버지 소도 뒤를 따라왔다.

"여보, 피는 물보다 진한 것이오. 핏줄을 떠나보내고 어찌 마음 편히 살 수 있겠소. 우리도 뒤를 따릅시다."

"그럽시다, 영감."

고조할머니 소, 고조할아버지 소도 뒤를 따라왔다.

그렇게, 그렇게 윗대 소들이 꼬리에 꼬리를 물고 어린 송아지의 뒤를 따라갔다.

옹기세 할아버지는 대문 앞에 서서 그 모습을 지켜보며 빙긋이 웃음을 지었다.

욕심 많은 애누리 청년은 그 귀한 소를 단 한 마리 얻는 데 그쳤지만, 마음이 고운 간도리 청년은 무려 99마리나 갖게 된 것이다.

흰 설탕과 노란 설탕, 그리고 개미

야트막한 산기슭에 무덤 두 개가 있었다. 이승에서 부부의 연을 맺어 한평생 한 섬돌에 신발을 벗어놓고, 또 한솥밥을 먹은 두 남녀가, 죽어서도 그렇게 가까이 나란히 누워 있는 것이었다.

그런데 아내의 무덤에는 검은 개미 수천 마리가 관속에까지 굴을 파고 들어가 살고 있었고, 남편의 무덤에는 붉은 개미 수천 마리가 관속에까지 굴을 뚫고 들어가 살고 있었다.

그 두 개미 무리는 원수지간이었다. 처음에는 사이가 좋았으나, 가까이 이웃하고 살다 보니 먹이 다툼이 잦았고, 또 그러다 보니 원수지간으로 변해버린 것이다.

이승에서 한평생 한 이불을 덮고 자던 금실 좋은 부부의 두 무덤
이 서로를 원수로 생각하는 두 개미 무리가 기거하는 터전이 되었으
니, 참 묘한 현상이 아닐 수 없었다.

어느 날, 김도풍이라는 유명한 풍자가가 흰 설탕 한 스푼과 노란
설탕 한 스푼을 갖고 와, 아내의 무덤 위에는 흰 설탕을 쏟아 붓고,
남편의 무덤 위에는 노란 설탕을 쏟아 부었다.

설탕 한 스푼이면 그 낱 알갱이가 수천 개쯤 된다. 그런데 두 개미
무리는 각각 여왕개미와 숫개미, 병정개미 등을 제외한 일개미의 수
만도 그 설탕의 수보다 더 많았다.

개미들은 설탕 주위에 몰려들어 환호성을 질렀다. 뜻밖에 여태껏
구경조차 못 해본 당분덩어리를 한꺼번에 그렇게 많이 차지하게 되
었으니 기쁠 만도 했을 것이다.

남편 무덤에 사는 붉은 개미 무리의 우두머리 일개미가 건너편 무
덤 위에 흰 설탕 알갱이가 쌓여 있는 것을 발견하고, 부하 일개미들
에게 소리쳐 말했다.

"여러분, 저 원수놈들의 무덤 위에 은싸라기 같은 흰 설탕이 쌓여
있소이다. 놈들이 저것을 다 먹고 나면 힘이 펄펄 넘쳐서 우리를 공

격해올 것이외다. 그대들이여, 보고만 있을쏘냐! 당장 쳐들어가서 저 흰 설탕을 모조리 강탈해 오자. 그대들이여, 나를 따르라, 나를 따르라!"

붉은 개미 대장은 부하들을 이끌고 앞장서서 흑개미의 소굴로 다가가 무덤을 겹겹이 에워쌌다.

"검은 개미들은 들으라. 그 흰 설탕을 모조리 우리에게 바쳐라. 순순히 응하지 않으면 우리가 직접 가져가겠다."

그 소리를 듣고 검은 개미 대장은 콧방귀를 픽 뀌면서 그에 맞서 고함치듯 말했다.

"에잇, 떼강도 같은 놈들! 네놈들에게 엄중히 경고하노니, 당장 썩 물러가라. 우리의 흰 설탕을 단 한 톨이라도 갖고 가면 백 배 천 배 보복을 하겠다."

붉은 개미 대장은 들은 체 만 체하고, 목청을 한껏 높여 부하들에게 명을 내렸다.

"돌격 앞으로, 돌격 앞으로!"

붉은 개미들은 사방에서 흑개미들이 사는 무덤을 향해 급급히 기어올라가기 시작했다.

이것을 본 검은 일개미 대장은 자못 비장한 목소리로 소리쳤다.

"용감무쌍한 내 사랑하는 부하들이여, 저 흉악한 오랑캐들이 우리의 흰 설탕을 빼앗으러 돌격해 오고 있다. 보건대, 놈들의 저 무덤 위에는 노란 설탕이 쌓여 있소이다. 당하고만 있을쏘냐! 그대들이여, 즉각 저 금싸라기 같은 노란 설탕을 한 톨도 남김없이 모조리 물고 오자. 그대들이여, 나를 따르라. 진격, 진격, 앞으로 진격!"

수천 마리의 검은 개미들은 사방으로 기어 내려가기 시작했다. 그러다 무덤의 중턱쯤에서 두 개미 무리는 딱 마주쳤다. 그러나 검은 개미들은 붉은 개미들을 전연 막아내지 않았다. 붉은 개미들 역시 검은 개미들과 일체 싸우지 않았다. 그들은 그저 서로를 비껴 지나 갈 뿐이었다.

그때쯤, 김도풍은 두 무덤의 여기저기에 뚫려 있는 모든 개미 구멍을 재빨리 막아버렸다.

붉은 개미들은 아내의 무덤 위에 올라가 제각기 하얀 설탕 알갱이를 하나씩 물고, 다시 발길을 되돌렸다. 수천 마리가 하얀 설탕 알갱이를 하나씩 물고 가는 모습은 참으로 볼 만했다.

남편의 무덤에 도착한 검은 개미들도 제각기 노란 설탕 알갱이를 하나씩 물고, 다시 발길을 되돌렸다. 두 무리 다 설탕 알갱이 수보다

개미 수가 더 많아 빈손으로 그냥 돌아가는 녀석들도 많았다.

남편의 무덤 아래에서 두 개미 무리는 또 마주쳤다. 그러나 이번에도 역시 두 개미 무리는 대항해 싸우지 않고, 서로를 비껴 지나갈 뿐이었다. 빈손으로 그냥 돌아가는 녀석들도 상대방의 설탕을 빼앗지 않고 그대로 지나쳐 갔다.

두 개미 무리는 물고 온 설탕을 자기네들의 무덤 위에 차곡차곡 쌓았다. 개미 구멍이 모두 막힌 상태라, 굴속으로 물고 들어갈 수가 없었던 것이다.

흰 설탕이 쌓여 있던 무덤 위에는 노란 설탕이 쌓였고, 그와 반대로 노란 설탕이 쌓여 있던 무덤 위에는 흰 설탕이 쌓였다. 일이 그렇게 되자 두 개미 무리는 다시 상대방의 설탕을 빼앗아 오기 위해 앞으로 진격해 갔다.

하루 사이에 그렇게 번갈아 가며 흰 설탕과 노란 설탕의 주인이 수십 번이나 바뀌었다. 설탕은 조금도 줄어들거나 불어나지 않고, 계속해서 색깔만 바뀌었던 것이다.

방 안에서 널뛰기

반달곰과 원숭이가 널찍한 마당에서 널뛰기를 하고 있었다.

얼씨구…절씨구…….

반달곰이 널빤지에 뛰어내리면 원숭이가 하늘로 솟구치고, 원숭이가 뛰어내리면 반달곰이 올라가고, 정말 흥겨웠다.

그런데 갑자기 하늘이 어두워지더니, 굵은 빗방울이 후둑후둑 떨어져내리기 시작했다. 널뛰기를 그만둘 수밖에 없었다. 그들은 못마땅해하며 불평을 늘어놓았다.

"에이, 하필 오늘 같은 날 비가 올게 뭐람."

"맞아, 하느님도 참 심술궂어, 그치?"

그때 뭔가 기발한 생각이 떠오른 듯 원숭이가 말했다.

“야, 우리 방 안에 들어가서 널뛰기하자.”

“아 참, 그러면 되겠구나.”

그들은 널빤지와 밑받침을 갖고 방 안으로 들어가 다시 널뛰기를 시작했다.

반달곰이 훌쩍 뛰어올랐다가 아래로 뛰어내리자 원숭이가 위로 올라갔다. 그런데 원숭이의 머리가 천장에 부딪히며 쾅 하는 소리를 를 내는 것이었다. 원숭이는 아픈 머리를 감싸쥐며 소리쳐 말했다.

“야, 너 때문에 천장에 부딪혔잖아. 너도 맛 좀 봐라.”

원숭이는 힘차게 뛰어내렸다. 이번에는 반달곰이 위로 올라가 천장에 머리를 쾅 부딪혔다.

“너 때문에 천장에 부딪혔잖아. 좋다, 너도 맛 좀 봐라.”

반달곰도 화를 내며 힘차게 뛰어내렸다. 원숭이는 더욱 힘차게 뛰어내렸다. 반달곰과 원숭이는 그렇게 번갈아 가며 더욱 힘차게 뛰어내렸다.

그들은 힘껏 뛰어내릴수록 상대방도 더욱 힘차게 뛰어내려 제 머리가 더욱 세차게 천장에 부딪힌다는 사실을 몰랐다. 오로지 자신이 힘차게 뛰어내릴수록 상대방의 머리만 더 세차게 부딪힌다고, 그렇게만 알고 있었던 것이다.

반달곰과 원숭이는 둘 다 머리가 퉁퉁 부어올랐다. 그런데도 그들은 서로의 머리를 더 퉁퉁 부어오르게 하겠다고, 열을 내며 더욱 힘차게 널뛰기를 계속하였다.

끝없는 욕심, 커지는 욕심

거지는 배가 몹시 고팠다. 그래서 무엇인가 훔쳐먹기 위해 어느 집 담을 넘어 들어갔다. 그러나 그 집은 지지리도 궁상맞게 사는 형편이었다. 아무리 부엌을 샅샅이 뒤져봐도 밥톨은커녕 생쥐 볼가심할 것도 없었다.

그런데 뜻밖에도 부엌 한 귀퉁이에 불룩한 쌀자루 하나가 덩그러니 놓여 있었다. 거지도 양심은 있는지라, 궁핍하기 그지없는 그 집의 쌀자루를 송두리째 훔쳐갈 수는 없는 노릇이었다.

거지는 바지의 왼쪽 주머니에만 쌀을 채워 넣은 뒤, 얼른 그 집을 벗어나기로 했다. 그런데 왼쪽 주머니에 쌀을 다 채우고 나자 갑자기 욕심이 생겼다. 오른쪽 주머니에도 쌀을 채우고 싶어진 것이다.

오른쪽 주머니에 쌀을 채우고 나자 이번에는 바지의 왼쪽 뒷주머니에도 쌀을 채우고 싶어졌다. 거기에 쌀을 다 채우자, 이번에는 오른쪽 뒷주머니에도 쌀을 채우고 싶어졌다.

이렇게 욕심은 눈덩이처럼 불어나 윗도리의 왼쪽 주머니와 오른쪽 주머니를 채운 뒤, 윗도리의 안주머니에도 쌀을 채우고 싶어졌다.

욕심은 여기서도 그치지 않았다. 온 주머니에 쌀을 불룩불룩 다 채우고 나자, 이젠 아예 쌀자루를 송두리째 훔쳐가고 싶어졌다.

그리하여 거지는 쌀자루마저 메고 밖으로 나와 굽이 잦은 고샅길을 바삐 걸어가기 시작했다.

그러나 어느 한순간, 몰래몰래 뒤를 밟아온 주인이 목이 터져라 크게 소리를 질렀다.

"도둑이야! 도둑이야……."

거지는 소스라치게 놀란 나머지 쌀자루를 냅다 내팽개친 채, 걸음아 날 살려라 하고 허겁지겁 도망치기 시작했다. 그러나 온 주머니에 가득 채워 넣은 쌀 때문에 몸이 무거워져 재빠르게 도망칠 수가 없었다. 이리하여 거지는 주인의 도둑이야 소리를 듣고 뛰쳐나온 동네 사람들에게 곧 붙잡히고 말았다.

누에와 거미

한 심마니가 가파른 산비탈에서 약초를 캐고 있었다. 그러다가 두꺼비보다도 더 큰 왕거미와 다람쥐보다도 더 큰 누에를 한 마리씩 잡았다.

얼마 후, 심마니는 땀을 식히기 위해 노송나무 그늘에 앉았다.

"거미야, 네가 먼저 씨줄을 쳐라. 네가 씨줄을 치고, 누에는 날줄을 쳐서 손수건 하나와 양말 한 켤레를 짜 다오."

그러자 누에는 몹시 못마땅한 표정을 지었다.

"심마니님, 참으로 어처구니가 없군요. 어찌 누에실의 가치와 거미실의 가치를 똑같이 보는 것입니까? 우리 누에들은 입으로 실을 뽑아내지만, 거미들은 똥구멍으로 실을 뽑아낸단 말이에요. 입 속의 침샘에서는 항시 침이 흘러나와요. 동물이 생산하는 액체 중에서 자신이 먹을 수 있는 것은 침밖에 없어요. 침은 그만큼 깨끗한 것이에요. 침 묻은 누에실과 똥 묻은 거미실의 가치를 같이 보다니, 참으로 어이가 없습니다.

내 실과 거미실을 섞어서는 그 무엇도 짜고 싶지 않아요. 저 혼자서 손수건을 짜드릴 테니, 양말은 거미에게 짜달라고 하세요. 아시다시피 손수건은 고운 얼굴을 닦는 것이고, 양말은 더러운 발을 감싸는 것이잖아요."

누에가 그렇게 말하자 거미는 화가 치밀어 올라 소리쳤다.

"누에 너 말조심해. 입이면 다 입인 줄 아니? 좋은 말을 할 때는 그 입이 부처님 가운데토막처럼 값진 것이지만, 너처럼 남을 헐뜯거나 흠구덕할 때는 그 입이 항문보다도 더 더러운 거야. 똥구멍이 구린내 나는 똥을 싸기는 하지만 네 입처럼 구린내 나는 말을 하지는 않아. 그리고 지독한 입냄새는 똥냄새보다도 더 고약한 거야.

심마니님, 내 실과 저 더러운 입이 토해내는 누에실을 섞어서는 그 무엇도 짜고 싶지 않아요. 저 혼자서 손수건을 짜드릴 테니, 양말은 누에에게 짜달라고 하세요."

심마니는 점점 더 거칠어지는 그들의 입씨름을 지켜보다가 입을
열었다.

"여보게들, 이제 그만 하게. 누가 무엇을 짜든 아무튼 손수건과
양말을 하나씩 짜주면 좋겠네."

그들은 서로 자신이야말로 더러운 발을 감싸는 양말이 아닌, 고운
얼굴을 닦는 손수건을 짜야 한다며, 둘 다 손수건을 짜기 시작했다.

엄마와 바보 아들

엄마와 바보 아들이 방바닥에 드러누워 이런저런 이야기를 나누고 있었다.

"아이구, 등 가려워."

엄마가 그렇게 말하자, 아들은 얼른 부엌의 아궁이로 기어들어 갔다. 방 구들장 밑에까지 기어들어 간 아들은 큰 소리로 말했다.

"엄마, 지금부터 등 긁어드릴게요, 시원하게 긁어드릴게요. 옆으로 눕거나 엎드려 있지 말고, 방바닥에 등을 대고 반듯하게 누워 계세요."

엄마는 어이가 없었다. 그러나 나무라거나 타일러봤자 아무 소용이 없을 것 같아 되레 맞장구를 쳐주었다.

"오냐, 알았으니까 시원하게 벅벅 긁어 다오."

아들은 열 손톱으로 구들장을 벅벅 긁기 시작했다.

"엄마, 시원하세요?"

"아니다, 전혀 시원하지 않다. 더 세게 벅벅 긁어 다오."

이렇게 구들장 위의 엄마와 구들장 아래의 아들은 말을 주고받았다. 아들은 손톱이 닳도록 계속 구들장을 벅벅 긁어댔다. 하지만 엄마의 가려운 등은 조금도 시원해지지 않았다.

갈치의 지혜

아주 옛날, 포유류처럼 아기 물고기도 엄마 물고기의 젖을 먹고 자랄 때의 이야기다.

갈치 한 마리가 바닷물 속을 유유히 노닐다가 수초줄기에 걸려 있는 어떤 광고를 보게 되었다. 한 어미 명태가 유모를 구한다는 내용이었다.

갈치는 곧바로 그 어미 명태네 집을 찾아갔다. 놀랍게도 그 집에는 40만 마리의 아기 명태가 있었다. 명태는 한번에 무려 40만 개의 알을 낳는데, 그 속에서 새끼들이 깨어 나온 것이었다.

매우 힘든 일이겠지만, 월급이 꽤 많아 갈치는 유모 노릇을 한번

해보기로 작정했다.

하루는 엄마 명태가 40만 마리의 아기를 갈치 유모에게 맡겨두고 기저귀를 사러 시장에 갔다.

갈치는 잠시도 쉴 틈이 없었다. 40만 마리의 아기가 한꺼번에 서로 젖을 먹겠다고 앙앙거리는 통에 정신이 하나도 없었다.

그때 아기 명태의 울음소리를 듣고, 도둑 뱀장어 한 마리가 집 안으로 어슬렁어슬렁 들어왔다.

"이봐, 갈치! 꽤 잘사는 집인 것 같은데, 금화 천 냥만 내놔! 안 그러면 새끼들을 모조리 잡아먹어 버릴 테니까."

뱀장어는 뱀눈을 치뜨고 협박을 계속했다. 갈치는 무서워서 턱이 덜덜 떨렸다.

"나는 주인이 아니에요. 아기를 돌봐주는 유모란 말이에요."

"그럼 아주 잘 됐군. 내가 금화를 훔쳐가도 넌 아무런 손해도 없을 테니까."

갈치는 달리 도리가 없었다. 뱀장어의 말을 고분고분 듣기로 하고, 금고 문을 열어 금화가 가득 담긴 자루를 꺼내 왔다.

"뱀장어님, 이 자루를 어떻게 가져가시게요?"

"내 입으로 삼켜서 가져가면 돼. 집에 돌아가서 항문으로 배출하여 사용하면 돼."

"자루의 통이 너무 커서 삼키기가 힘들 것 같은데요. 제가 삼키기 좋도록 도와드릴게요."

"그래주면 고맙고."

갈치는 커다란 자루 속의 금화를 쏟아낸 뒤, 매우 길고 통이 좁은 자루에다 다시 넣었다.

잠시 후, 뱀장어는 자루의 꽁무니부터 꿀꺽꿀꺽 삼키기 시작했다. 금화가 든 그 자루는 뱀장어의 뱃속으로 들어가 항문으로 빠져 나왔다. 그렇지만 자루가 워낙 길다보니 아직 절반도 채 삼키지 못한 상태였다.

그때 갈치는 재빨리 묶어놓은 자루의 주둥이를 풀었다. 그러고는 자루를 뒤집어가며 뱀장어를 자루 속에 넣기 시작했다. 뒤집어지는 자루에서 번쩍번쩍 빛나는 금화가 쏟아져 나왔다.

곧 뱀장어는 뒤집혀진 자루 속에 갇혀 오도가도 못 하는 신세가 되어버렸다. 갈치는 뱀장어가 갇혀 있는 그 자루로 옭매듭을 만들었다. 자루 속의 뱀장어도 옭매듭이 될 수밖에 없었다.

갈치는 말똥말똥 구경만 하고 있는 40만 마리의 아기 명태에게 소리쳤다.

“아기들아, 나랑 줄다리기 하자.”

유모 갈치가 시키는 대로 먼저 스무 마리의 아기 명태가 자루의 한쪽 끝을 입으로 힘껏 물었다. 그 나머지는 꼬리에 꼬리를 물고, 꼬리에 꼬리를 물고… 그렇게 해서 40만 마리의 아기 명태가 한쪽 편이 되었고, 갈치는 그 반대편이 되어 다른 쪽 끝을 힘껏 물었다.

줄다리기를 시작하자 그 옭매듭은 점점 더 죄어들어 결국 뱀장어는 죽고 말았다.

거꾸로 서 있는 돌부처

깊은 산골, 외딴 움막집에 젊은 부부가 살고 있었다. 그들은 차마 말로 표현할 수 없을 만큼 금실이 좋았다. 낮 금실은 물론이거니와 밤 금실 또한 넘치도록 좋았다.

남편의 일은 물짐승을 잡거나 산짐승을 사냥하는 것이었고, 아내의 일은 산나물이나 열매 등을 채집하는 것이었다.

초겨울의 어느 날이었다.

남편은 여느 때처럼 활을 메고 깊은 산중으로 사냥을 하러 떠났다. 이 능선 저 능선을 바람처럼 누비다가 피둥피둥 살찐 멧돼지 한 마리를 일격에 때려잡았다. 남편은 멧돼지를 어깨에 메고 휘파람을 불며 집으로 돌아오고 있었다.

그런데 갑자기 하늘에서 굵은 함박눈이 펑펑 쏟아져 내리기 시작했다. 하얀 목화솜꽃 같은 눈송이가 무더기로 쏟아져 내리는 것이었다. 눈송이가 얼마나 굵은지 눈이 쏟아져 내리는 것이 아니라, 하늘에서 하얀 손수건이 내려와 지상을 덮는 것 같았다. 눈은 금세 하얀 피륙이 되어 온 지상을 하얗게 덮어버렸다.

남편은 눈 속에 고립될지도 모른다는 불안감에 사로잡힌 채 발길을 재촉했다. 그는 어느 새 움직이는 눈사람이 되어 있었다. 눈발은 점점 굵어지고 있었다. 이제껏 눈이 내릴 때마다 하늘의 사랑과 은총, 축복이 쏟아져 내리는 것 같다고 느꼈었건만, 이날은 그게 아니었다.

남편은 거친 숨을 헉헉 몰아쉬며 필사적으로 발걸음을 옮겼지만, 이내 눈더미에 묻히고 말았다. 내려 쌓인 눈 높이가 무려 5미터를 웃돌 즈음, 그토록 악랄하고 잔인하게 쏟아져 내리던 눈은 거짓말처럼 한순간에 뚝 멎었다.

남편은 사방을 분간할 수는 없었지만, 집으로 가는 방향이라 짐작되는 곳으로 굴을 뚫으며 앞으로 나아갔다. 가슴 태우며 기다리고 있을 사랑하는 아내 곁으로 한시 바삐 가겠다는 일념 하나로 더욱 부지런히 굴을 뚫으며 앞으로 나아갔다.

그러나 이틀이 지나자 힘이 다 소진되어 더 이상 앞으로 나갈 수가 없었다. 남편은 눈 속에 반듯이 드러누워 '알녀야, 알녀야…' 하고 아내의 이름을 가늘지만 애타게 부르며 스르르 잠이 들어버렸다.

안타깝게도 남편은 깊은 잠에 빠져 영영 깨어나지 못하고 말았다. 그가 잠든 곳은 집에서 불과 100여 미터 떨어진 산비탈이었다.

한편, 밤이 늦어도 남편이 돌아오지 않자 아내는 걱정이 이만저만이 아니었다. 시간이 흐를수록 눈더미에 묻혀 죽었을지도 모른다는 불길한 예감이 더욱 파고들었다.

아내는 밤낮 없이 쪽마루에 쪼그리고 앉아 학처럼 목을 빼고 가슴 조이며 남편을 기다렸다. 그 하염없는 기다림은 무서운 병에 시달리는 것보다 더 쓰라린 고통이었다.

아내는 더 이상 기다리고만 있을 수는 없었다. 그렇게 기다리고만 있는 것은 너무도 사치스러운 노릇이라고 생각했다.

남편을 그리는 마음이 너무도 처절하고 절절한 탓일까. 아내는 무작정 남편을 찾아 그가 사냥하러 간 뒷산 너머를 향해 길을 떠났다.

무릎도 빠지고, 허벅지도 빠지고, 엉덩이도 빠지고, 가슴까지 푹푹 빠져 내려가 쉽사리 나아갈 수가 없었다. 그러나 쌓인 눈을 조금씩 조금씩 다져가며 어렵사리 앞으로 나아갔다.

하루 종일 나아간 거리는 불과 100여 미터. 사방에서 어둠이 몰려오는 늦저녁 무렵, 아내는 눈 위에 엎어진 채 그만 기력을 상실하고 말았다. 고작 100여 미터의 거리였지만 다시 집으로 돌아갈 엄두조차 낼 수 없었다. 아내는 낮은 신음소리를 토해내며 눈물을 뚝뚝 흘렸다.

밤이 되자 기온이 영하로 뚝 떨어졌다. 칼을 품은 매서운 찬바람이 처녀귀신의 울음처럼 으스스한 울음소리를 토해냈다. 밤이 깊어갈수록 동장군의 기세는 더욱 드세어졌다. 홍련지옥으로 끌려간 사람의 온 살갗에 붉은 피로 만들어진 홍련꽃이 피듯, 차디찬 북풍으로 아내의 얼굴과 손등은 툭툭 터져 마치 빨간 채송화꽃처럼 붉어졌다.

결국 아내는 눈 위에 엎어진 채로 남편의 이름을 가늘지만 애타게 부르며 그만 얼어죽고 말았다.

그녀가 엎어진 채 얼어죽어 있는 자리 아래의 눈 속에는 남편이 반듯이 누운 채 죽어 있었다. 젊은 부부는 불과 3~4미터 정도의 눈을 사이에 두고 서로 마주본 채 죽어 있는 것이었다.

이듬해 봄이 가까워지자 그토록 높이 쌓여 있던 눈은 서서히 녹기 시작했다. 눈이 녹을수록 눈 위에 있던 아내의 시신은 점점 아래로 내려갔다. 눈 위의 아내와 눈 속에 묻힌 남편의 거리가 점점 더 가까워지는 것이었다.

눈이 완전히 다 녹아 내리자, 반듯이 누워 있던 남편의 시신 위로, 아내의 시신이 마주본 채 포개어졌다. 얼굴과 얼굴이 맞닿은 채로…….

며칠 뒤, 때 아니게 장대 같은 소낙비가 좍좍 쏟아져 내렸다. 그러자 빗물을 머금을 대로 머금은 뒷산이 우르르 쾅쾅 산사태를 일으켰다. 그 바람에 흙더미가 쏟아져내려 그 부부의 시신은 묻혀버리고 말았다.

그로부터 수많은 세월이 흘렀다.

젊은 부부의 시신이 묻혀 있던 곳에는 집채만한 바윗덩어리가 덩그렇게 놓여 있었다. 바로 그 바위 속에 그 부부는 화석이 되어 있었던 것이다. 그들을 감싼 흙더미가 거대한 바윗덩어리로 굳어지고, 그 주위의 흙은 비바람에 씻겨 내려간 것이었다.

그 바위 아래의 산자락에 큰 사찰이 세워졌다.

그러던 어느 날, 사찰 주위의 골짜기에 정과 망치 소리가 요란하더니, 부부의 화석이 있는 그 바위는 이내 가부좌를 틀고 앉은 돌부처가 되었다.

어느 석공에 의해 깎이고 다듬어진 것이다. 그 돌부처는 높이가 2미터 정도 되는 비교적 큰 불상이었다. 그 불상을 만드느라 원래의 바위에서 8할 이상을 떼어낸 상태지만, 놀랍게도 부부의 화석은 조금도 손상되지 않고 돌부처 속에 고스란히 남아 있었다.

바로 서 있는 자세이거나, 마주보고 포개어진 자세 그대로라면 더없이 좋았을 것을, 불행하게도 부부의 화석은 거꾸로 서 있는 자세로 그 돌부처 속에 들어 있었다. 어느 누구도 그 돌부처 속에 그런 화석이 들어 있는지 전혀 몰랐던 것이다.

이듬해 정월의 첫날, 그 돌부처는 아래 사찰의 뜨락 한켠으로 옮겨져 품위 있는 자태를 온 사방으로 뿜어냈다. 자애로운 돌부처의 미소는 경내를 가득 채우고, 물이 넘치듯 사방팔방으로 넘쳐 마침내는 온 우주에 가득 찼다.

이것을 축복해주는 것일까? 까마득히 먼 옛날의 그날처럼, 흰눈이 펑펑 쏟아져 내리기 시작했다. 천 송이, 만 송이, 억만 송이로 쏟아져 내리는 함박눈…….

천지간에 흩날리는 눈송이 속에서 그 절을 찾아온 뭇 사람들은 경건하고 엄숙한 마음으로 돌부처 앞에서 두 손 모아 배례했다. 젊은 부부의 화석은 섬김 받는 부처가 된 셈이었다.

그러던 어느 날 밤, 그 사찰의 주지 스님 꿈에 돌부처가 나타났다. 꿈속에서 그 돌부처는 컴컴한 어둠 속에서 두 쪽으로 쩍 벌어지는 것이었다. 이어 그 속에서 마주본 채 거꾸로 서 있던 젊은 남녀가 밖으로 나오더니 사찰 앞 뜨락에 드러누워 있다가 새벽녘이 되자 다시 돌부처 속으로 들어가는 것이었다. 그들이 들어가자 두 쪽으로 벌어졌던 돌부처는 다시 원래대로 합쳐졌다.

이 꿈이 뜻하는 바가 무엇일까? 주지 스님은 그 의문에 사로잡혀 사흘간이나 한자리에 정좌한 채 묵묵히 명상에 잠겨 있었다.

그러던 어느 순간 항아리의 뚜껑이 열리는 듯한 느낌이 들면서 주지 스님의 머리 속은 텅 빈 상태가 되었다. 또렷한 영상이 잡히듯, 텅 빈 항아리 속 같은 머리 속으로 어느 방 하나가 나타났다.

그 방의 아랫목에는 아주 큰 식탁이 하나 놓여 있었다. 그런데 그 위에 남자의 시신 한 구가 반듯이 누워 있었다.

그리고 한 여자가 울면서 그 식탁의 네 다리에 양말과 신발을 신기고 있었다. 한쪽의 두 다리에는 남자 양말과 남자 신발을, 반대쪽의 두 다리에는 여자 양말과 여자 신발을 신기는 것이었다. 그러고 나서 여자는 남자의 그 시신 옆에 나란히 누웠다.

그러자 네 발 달린 짐승처럼 식탁이 꿈틀꿈틀 움직이기 시작했다. 식탁은 열어놓은 방문을 통해 밖으로 저벅저벅 걸어나갔다. 대문을 밀고 고샅길로 나간 식탁은 더욱 바삐 걸어갔다. 그러더니 산을 넘고 물을 건너 사찰의 경내로 걸어 들어와 스펀지에 물이 스며들듯 그 돌부처 속으로 스며드는 것이었다.

명상에서 깨어난 주지 스님은 돌부처를 만든 석공을 불러들였다. 그러고는 가까운 계곡으로 데리고 가 엄청나게 큰 바윗돌을 정사각형으로 다듬게 하였다.

이어 그 정사각형의 바위를 돌부처 바로 옆에다 옮겨놓고, 그 앞에 남자 신발 한 켤레와 여자 신발 한 켤레를 나란히 놓아두었다.

"이 정사각형의 바위는 창문도 없고 출입문도 없는 벙어리 방이

외다. 님들이시여, 낮에는 돌부처님 속에서 거꾸로 서 있더라도, 밤에는 그 속에서 나와 이 정사각형의 방으로 들어가 편히 누워 쉬소서. 때로는 이 신발을 신고 산마루로 산등성이로 외출도 하소서.

마음 같아서는 이 돌부처님을 옆으로 눕히거나 뒤로 눕혀, 그대들이 마주본 채 누워 있게 하고 싶지만, 가부좌를 틀고 앉아 계신 돌부처님을 옆으로 뉘여서 모실 수는 없는 노릇 아니겠소이까. 서 계신 돌부처님이라면 눕혀 놓으면 누워 있는 자세가 되지만, 앉아 계신 돌부처님을 눕혀 놓으면, 그것은 누워 계신 것이 아니라 쓰러져 있는 게 아니겠소이까. 님들이시여, 내 뜻을 알고 이해하소서.”

며칠 뒤, 주지 스님은 뒷산의 산봉우리에 올라가 그 산정 끝에 꼿꼿이 앉은 다음, 눈을 감고 만경창파처럼 넓은 마음의 바다를 헤엄쳐 다니고 있었다.

이때 불현듯 또 다른 영상이 잡혔다. 텅 빈 항아리 속 같은 주지 스님의 머리 속에 어느 병실이 나타났다.

주지 스님은 그곳의 하얀 침대에 누워 있었는데, 왼손과 오른손 손등에 주사바늘이 하나씩 꽂혀 있었다. 쇠막대기 끝에는 두 개의 커다란 링거병이 달려 있었는데, 한 링거병 속에는 금빛 풍경이, 또 다른 링거병 속에는 불경 책과 목탁이 들어 있었다.

풍경은 쉴새없이 달랑달랑 흔들리며 아름다운 풍경소리를 울리고 있었다. 댕그랑 댕그랑……. 불경 책에서는 거침없는 염불소리가, 목탁에서는 목탁소리가 향기처럼 솔솔 피어올랐다. 그 아름다운 풍경소리와 염불소리, 목탁소리가 호스와 주사바늘을 통해 주지 스님의 몸과 영혼 속으로 굽이굽이 흘러들어 왔다.

주지 스님은 무엇인가를 깨친 듯 부랴부랴 산을 내려왔다. 그러고는 돌부처 옆에 놓아둔 정사각형의 바위를 치워버렸다. 이어 스님은 물구나무를 세우듯 그 돌부처를 거꾸로 세워놓았다.

그렇게 하자 가부좌를 튼 돌부처인지라 차마 눈뜨고 보기가 민망한 형상이 되었다. 그러나 그로 인해 그때까지 거꾸로 서 있던 그 속의 부부 화석은 마침내 바로 서 있게 된 것이다. 지금까지와는 정반대인 편안한 자세로…….

이러저러한 사정 이야기를 듣고도 돌부처를 거꾸로 세워놓은 것에 대해 맹렬한 비난을 퍼붓는 사람도 없지는 않았지만, 대다수의 사람들은 그 참뜻을 십분 이해하고 아낌없는 박수와 갈채를 보내주었다.

　그날 이후, 그 전의 돌부처를 한 번이라도 본 적이 있는 사람들은 한결같이 빙그레 웃는 돌부처의 미소가 예전보다 더욱 밝아지고 맑아졌다고 입을 모았다.

세상에서 가장 아름다운 지붕

1판 1쇄 발행/2002. 8. 31.
1판 4쇄 발행/2002. 12. 16.

발행처/Human Media
발행인/나영인

등록번호/제1-3102호
등록일자/2002. 8. 19.

서울특별시 종로구 경운동 88 수운회관 1205호 우편번호 110-310
마케팅부 6327-3537, 편집부 6327-3535, 팩시밀리 6327-5353
이메일: hbooks@empal.com

값은 표지에 있습니다.

ISBN 89-953277-0-7 03810